CE QUE JE NE VEUX PAS SAVOIR

Deborah
Levy

Titre original
Things I Don't Want to Know. A response to George Orwell's 1946 essay "Why I Write"

Le livre a été publié pour la première fois en 2013 par Notting Hill Editions Ltd, ensuite par Penguin Books en 2016 et 2018

Conception graphique gr20paris

ISBN : 978 23 646 8450 8

Ce que je ne veux pas savoir

Une réponse au "Pourquoi j'écris"
de George Orwell (1946)

Traduit de l'anglais
par Céline Leroy

Deborah Levy

Éditions
du sous-
sol

Tous les animaux sont égaux, mais il y en a qui le sont plus que d'autres.

George Orwell,
La Ferme des animaux (1945)

Je sais, en gros, comment je suis devenu écrivain. Je ne sais pas précisément pourquoi. Avais-je vraiment besoin, pour exister, d'aligner des mots et des phrases ? Me suffisait-il, pour être, d'être l'auteur de quelques livres ? [...] Il faudra bien, un jour, que je commence à me servir des mots pour démasquer le réel, pour démasquer ma réalité.

Georges Perec,
Je suis né (1990)

Un

Visée politique

"Tu n'es rien d'autre que ta vie."
Jean-Paul Sartre,
Huis clos (1944)

Ce printemps-là, alors que ma vie était très compliquée, que je me rebellais contre mon sort et que je ne voyais tout bonnement pas vers quoi tendre, ce fut, semblait-il, sur les escalators de gares que je pleurais le plus souvent. La descente se passait bien, mais quelque chose dans mon immobilité et le mouvement ascendant provoquait cette réaction. Comme surgies de nulle part, les larmes coulaient de mon corps et le temps que j'arrive au sommet et sente le souffle du vent, je devais vraiment prendre sur moi pour arrêter de sangloter. À croire que la vitesse de l'escalator m'entraînant dans son ascension était l'expression physique d'une conversation que j'entretenais avec moi-même. Les escalators, qui dans les premiers temps de leur invention étaient connus sous le nom d'"escaliers roulants", ou "escaliers magiques", en Angleterre, s'étaient mystérieusement transformés en zones dangereuses.

Je m'assurais de ne surtout pas manquer de lecture lors de mes déplacements en train. C'était bien la première fois de ma vie que j'étais contente de lire des rubriques sur les problèmes de tondeuse du journaliste. Quand je n'étais pas absorbée dans ce genre de choses (qui revenait pour moi à me faire tirer dessus avec un fusil hypodermique), je retournais sans cesse au court roman de Gabriel García Márquez, *De l'amour et autres démons*. De tous les personnages aimés ou délaissés qui rêvent et complotent depuis des hamacs sous le ciel bleu des Caraïbes, le seul qui m'intéressait vraiment était Bernarda Cabrera, l'épouse volage d'un marquis qui n'attend plus rien ni de la vie ni de son mariage. Pour échapper à cette existence, Bernarda Cabrera découvre le "chocolat magique" de Oaxaca grâce à l'esclave qui lui sert d'amant et entame une vie en proie au délire. Adonnée à la consommation de cacao et de mélasse fermentée, elle passe la plupart de ses journées nue, étendue à même le sol de sa chambre, "vaincue par les fulgurations létales de ses flatulences". Le temps que je descende du train et fonde en larmes sur ces escalators qui m'invitaient manifestement à lire en moi (à un moment où j'aurais préféré lire tout autre chose), j'envisageais Bernarda comme un modèle à suivre.

Je sus qu'il était temps d'agir la semaine où je restai plantée dans la salle de bains à fixer du regard un poster intitulé “The Skeletal System”. On y voyait un squelette humain avec ses organes internes ainsi que le nom des os en latin, mais je lisais toujours le titre de travers pour le rebaptiser “The Societal System”. Je pris une décision. Si les escalators étaient devenus des machines douées d’une ardente émotivité, un système me conduisant vers des lieux où je ne voulais pas me rendre, pourquoi ne pas acheter un billet d’avion pour un lieu qui m’attirait vraiment ?

Trois jours plus tard, je glissai mon ordinateur portable flambant neuf dans sa housse et m’envolai pour Palma de Majorque, assise à la place 22C, côté couloir. Pendant le décollage, je m’aperçus qu’être échouée entre ciel et terre revenait plus ou moins à emprunter un escalator. L’homme qui avait eu le malheur d’être placé à côté d’une femme en pleurs ressemblait à un ancien militaire passant désormais sa vie à la plage. J’étais heureuse que mon compagnon de vol à bas coûts soit un type costaud aux larges épaules carrées et au cou épais rayé de zébrures laissées par les coups de soleil, mais je refusais la moindre tentative de réconfort. En fait, mes larmes le précipitèrent dans une frénésie d’achats proche du coma tantrique parce qu’il fit signe à l’hôtesse de l’air et commanda deux canettes de bière, une vodka-Coca, un Coca, un tube de Pringles, un jeu à gratter, un ourson rempli de mini-barres chocolatées, une montre suisse en promotion, puis il demanda à l'équipage si la compagnie aérienne proposait l'un de ces concours où l'on pouvait gagner des vacances gratuites par tirage au sort. Le militaire bronzé me fourra l'ourson sous le nez et dit : "Tenez, ça va forcément vous remonter le moral", comme si l'ourson était un mouchoir avec des yeux en verre cousus dessus.

Quand l'avion atterrit à Palma à onze heures du soir, le seul chauffeur de taxi prêt à m'emmener dans les montagnes par les routes escarpées était peut-être aveugle parce que des nuages blancs flottaient sur ses deux yeux. Dans la file, personne ne voulut admettre craindre un accident, mais tout le monde s'était écarté au moment où il se garait derrière les autres taxis. Après négociation du prix, il se débrouilla pour conduire sans regarder la route, les doigts sur les boutons de la radio et les yeux rivés sur ses pieds. Une heure plus tard, il engageait sa Mercedes sur une route étroite bordée de pins dont je savais qu'elle était beaucoup plus longue qu'il n'y paraissait. Il parvint à gravir la moitié de la pente avant de hurler "NO NO NO" et de stopper brusquement le véhicule. Pour la première fois de tout le printemps j'eus envie de rire. On resta ainsi dans le noir, un lapin courant à travers l'herbe, sans qu'aucun de nous sache quoi faire ensuite. Je finis par lui donner un généreux pourboire pour sa conduite si imprudente et j'entamai la longue remontée du chemin obscur dont je me souvenais vaguement qu'il menait à l'hôtel.

L'odeur de feu de cheminée provenant des maisons en pierre plus bas, les cloches des moutons en train de brouter et l'étrange silence qui venait s'intercaler entre chaque son de cloche me donnèrent soudain envie de fumer. J'avais arrêté la cigarette depuis longtemps, mais à l'aéroport j'en avais acheté un paquet de marque espagnole avec la ferme intention de reprendre. Je m'installai sur un rocher humide abrité par un arbre légèrement en retrait du chemin, coinçai mon ordinateur entre mes tibias et m'en allumai une sous les étoiles.

Fumer des cigarettes espagnoles bon marché à l'arrière-goût de vieille chaussette sous un pin était tellement mieux que de lutter pour ne pas partir à vau-l'eau sur des escalators. D'une certaine façon, il était réconfortant d'être littéralement perdue puisque je l'étais déjà dans tous les autres domaines de ma vie, et à l'instant où je me disais qu'il me faudrait peut-être passer la nuit dehors, j'entendis quelqu'un crier mon prénom. Plusieurs choses se produisirent simultanément. J'entendis quelqu'un sur le chemin, puis je vis les chaussures rouges d'une femme qui s'avançait vers moi. Elle hurla mon prénom une fois de plus, mais pour une raison inconnue, j'étais incapable de faire le lien entre lui et moi. Soudain, j'avais le faisceau d'une lampe torche braqué sur le visage et quand la femme me vit assise sur le rocher abrité par l'arbre en train de fumer une cigarette, elle dit : "Ah, vous voilà."

Son visage était d'une pâleur choquante et je me demandai si elle était folle. Puis je me souvins que c'était moi, la folle, parce qu'elle essayait de me faire me lever de mon caillou posé sur la crête d'une montagne, vêtue comme pour aller à la plage par une nuit où la température était tombée en dessous de zéro.

"Je vous ai vue entrer dans la forêt. Je crois que vous vous êtes perdue, hein ?"

J'acquiesçai, mais je dus avoir l'air déconcertée car elle ajouta : "Je suis Maria."

Maria était la propriétaire de l'hôtel et elle avait l'air beaucoup plus vieille et triste que dans mon souvenir. Elle pensait sans doute la même chose de moi.

"Bonsoir Maria." Je me levai. "Merci d'être venue me chercher."

On se dirigea en silence vers l'hôtel et, avec sa lampe torche, elle désigna le virage où j'avais raté le chemin, comme une détective privée amassant les indices de quelque chose que ni elle ni moi ne pouvions comprendre.

Les gens qui séjournent dans cette *pensión* veulent des choses précises : un endroit tranquille près des vergers d'agrumes et des cascades, de grandes chambres à un prix abordable, un endroit calme où se reposer et réfléchir. Pas de minibar ni de télévision, pas de bouilloire, pas de room-service. Elle ne figure dans aucun guide touristique, seul le bouche-à-oreille lui permet de faire le plein de clients en saison. Lors de mon premier séjour, j'avais une vingtaine d'années et je tapais mon premier roman sur une machine à écrire Smith Corona que je rangeais dans une taie d'oreiller ; j'étais amoureuse quand j'y revins à la fin de la trentaine, et j'avais avec moi ce qu'on appelait alors un ordinateur "transportable". J'avais dû acheter un sac spécial, un long rectangle bien rembourré avec de petits compartiments destinés à la souris et au clavier. J'en étais très fière et j'étais encore plus fière d'être capable de l'installer dans n'importe quelle chambre d'hôtel avec la rallonge achetée à l'aéroport. L'après-midi brûlant d'août où je transportai mon ordinateur "transportable" (mais très lourd) jusqu'au sommet de cette montagne, en plus de tous mes autres bagages, j'étais en robe courte de coton bleu et chaussures de marche en daim, et aussi heureuse qu'il est possible de l'être. Quand le bonheur est là on a l'impression de n'avoir rien connu avant, le bonheur est une sensation qui ne connaît que le présent de l'indicatif. J'aimais être seule en sachant que j'allais retrouver mon chéri, le grand amour de ma vie. Je lui téléphonais tous les soirs d'une vieille cabine à côté de la pizzeria, serrant la poignée de pièces de cent pesetas moites qui reliait nos deux voix, insérant la monnaie dans la fente, croyant que l'amour, le Grand Amour, était la seule saison que je connaîtrais jamais.

Si l'amour s'était transformé en autre chose, en une chose que je ne reconnaissais pas, la terrasse à l'avant de la *pensión*, avec ses tables et ses chaises sous les oliviers, n'avait pas changé d'un iota depuis mon dernier passage. Tout était pareil. Le carrelage peint au sol. Les lourdes portes en bois qui s'ouvraient sur l'antique palmier de la cour. Le piano à queue bien épousseté qui se dressait majestueusement dans la grande salle. La pierre froide des murs épais blanchis à la chaux. Ma chambre n'avait pas changé non plus sauf que cette fois, quand j'ouvris l'armoire mangée par les vers et que je vis les mêmes quatre cintres en fil de fer suspendus à la tringle, je leur trouvai un air abattu, un air d'humain aux épaules tombantes.

Je me lançai dans les rituels familiers aux voyageurs solitaires, ainsi que je l'avais fait si souvent dans ma vie : démêler les câbles et enfoncer difficilement l'adaptateur européen à deux broches dans la prise, allumer mon ordinateur, mettre mon téléphone à recharger, déposer sur le petit bureau les deux livres et l'unique calepin que j'avais apportés avec moi. D'abord l'exemplaire lu et relu de *De l'amour et autres démons*, puis *Un hiver à Majorque* de George Sand, un récit de l'hiver qu'elle avait passé à Majorque avec son amant, Frédéric Chopin, et les deux enfants de son premier mariage. Le calepin, lui, était étiqueté “POLOGNE, 1988”. Il serait sans doute plus romantique de le qualifier de “journal intime”, mais je le considérais comme un calepin, peut-être même comme un calepin d’inspecteur de police parce que j’y amassais sans cesse les indices de quelque chose que je ne pouvais comprendre.

En 1988, je prenais des notes en Pologne, mais dans quel but ? Je me mis à le feuilleter pour réveiller mes souvenirs.

Au mois d’octobre 1988, on m’avait proposé d’écrire sur un spectacle dirigé par la célèbre actrice polonaise Zofia Kalińska, qui avait très souvent collaboré avec Tadeusz Kantor, le metteur en scène, peintre et auteur. Mon calepin s’ouvre à l’aéroport de Londres-Heathrow. Je suis dans un avion (de la compagnie LOT) en partance pour Varsovie. Presque tous les passagers fument cigarette sur cigarette et les hôtesses de l’air ont les cheveux teints en blond platine. Quand elles poussent leur chariot dans le couloir pour proposer aux fumeurs forcenés un gobelet en plastique gris rempli d’une “boisson sans alcool” impossible à identifier (du jus de cerise ?), elles ressemblent à des infirmières belliqueuses distribuant leurs médicaments à des patients récalcitrants. J’ai utilisé cette scène dans un roman que j’ai écrit deux décennies plus tard – les hôtesses de l’air de la compagnie LOT transformées en infirmières venues de Lituanie, d’Odessa et de Kiev pour administrer des électrochocs aux patients d'un hôpital du Kent, en Angleterre.

C'est pour ce roman, apparemment, que j'ai amassé ces indices, vingt ans avant de l'écrire pour de bon.

Puis mon carnet me dit que je suis dans un train à Varsovie, voiture 5, place 71, en direction de Cracovie, où vit Zofia Kalińska. Là, je suis témoin d'une scène qui aurait facilement sa place dans un des spectacles de Kantor. Un soldat dit au revoir à trois femmes – sa sœur, sa mère et sa petite amie. D'abord il embrasse sa mère sur la main. Puis il embrasse sa sœur sur la joue. Enfin, il embrasse sa petite amie sur la bouche. Je note aussi que l'économie polonaise s'effondre, que le gouvernement a augmenté le prix des denrées alimentaires de quarante pour cent, qu'il y a eu des grèves et des manifestations dans les usines de sidérurgie et les aciéries de Nowa Huta, ainsi que sur les chantiers navals de Gdańsk.

Il semble que ce qui m'intéresse (dans mon calepin d'inspecteur), ce sont ces baisers échangés en pleine catastrophe politique.

Je suis à Cracovie. Zofia Kalińska porte deux colliers (de chaman) lors des répétitions de sa pièce : l'un en turquoise marbré, l'autre en armoise. J'apprends que l'absinthe est fabriquée à base d'armoise. Les Égyptiens ne trempaient-ils pas de l'armoise dans le vin pour s'en servir comme remède contre diverses maladies ? J'avais lu quelque part que l'absinthe, avec son mélange capiteux de fenouil et d'anis vert, était donnée aux troupes françaises au début du XIXe siècle pour prévenir la malaria. Les soldats revenaient en France avec un penchant pour "la fée verte". S'ils n'étaient pas piqués par les moustiques, une tout autre créature ailée les avait mordus, et ils hallucinaient, allongés sur leur lit de camp. J'écris qu'il me faut interroger Zofia sur ses colliers. Elle a une petite soixantaine d'années et a joué dans la plupart des productions du théâtre d'avant-garde européen – dont *La Classe morte* de Kantor, dans laquelle des personnages apparemment morts sont confrontés à des mannequins qui leur rappellent leurs rêves de jeunesse. Aujourd'hui, Zofia a quelques indications à donner à ses acteurs d'Europe de l'Ouest.

"La forme ne doit jamais dépasser le fond, surtout en Pologne. Cela a à voir avec notre histoire : la répression, les Allemands, les Russes, nous avons honte parce que nous avons tellement d'émotions. Au théâtre, il faut utiliser l'émotion avec précaution, il ne faut pas imiter l'émotion. Dans mes spectacles, qu'on a qualifiés de 'surréalistes', il n'y a pas d'émotion surréaliste. En même temps, nous ne faisons pas de théâtre psychologique, nous n'imitons pas la réalité."

Elle dit à une jeune actrice de parler haut.

“Parler haut, ce n’est pas parler plus fort, c’est se sentir autorisé à énoncer un désir. On hésite toujours, quand on désire quelque chose. Dans mon théâtre, je préfère montrer l’hésitation plutôt que de la cacher. Une hésitation n’est pas la même chose qu’une pause. C’est une tentative de rejeter le désir. Mais quand vous êtes prêts à vous saisir de ce désir et à mettre des mots dessus, alors même un murmure, les spectateurs l’entendront.”

Lui vient ensuite une idée. Elle dit que le costume de l’actrice qui joue Médée ne va pas du tout. Médée a assassiné ses enfants, elle devrait donc porter une robe dans laquelle un trou a été découpé au niveau du ventre. Zofia explique que c’est une image poétique, mais que l’actrice ne doit pas dire son texte de manière poétique.

Je me suis aperçue que, pendant une grande partie de ma vie, j’ai cheminé dans mon écriture avec les indications de Zofia. Le fond devrait dépasser la forme – oui, c’était un conseil subversif pour une autrice telle que moi qui avait toujours expérimenté avec la forme, mais c’est un mauvais conseil pour une écrivaine qui n’a jamais expérimenté avec la forme. Et ce n’est pas un conseil à donner à une écrivaine qui ne s’est jamais demandé ce qui arriverait si le soldat de Varsovie embrassait sa mère sur la bouche et sa petite amie sur la main. Et c’est vrai, il n’existe pas d’émotion surréaliste. Son autre message était que l’émotion, qui terrifie toujours l'avant-garde flegmatique, passe mieux avec une voix glaciale. Quant aux stratégies qu'un auteur de fiction pourrait mettre en place pour déployer les façons dont ses personnages s'efforcent de rejeter un désir qu'ils éprouvent depuis longtemps – pour moi, tout l'intérêt de l'écriture réside dans l'histoire de cette hésitation.

J'ignorais pourquoi j'avais apporté le calepin polonais à Majorque. À vrai dire, non, je le savais. Au dos de la couverture, j'avais recopié à la hâte deux menus polonais que j'avais demandé à Zofia de me traduire.

Bortsch blanc avec œuf dur et saucisse
Ragoût traditionnel du chasseur
accompagné de sa purée
Boisson non alcoolisée
OU
Soupe traditionnelle polonaise au concombre
Feuilles de chou farcies et purée
Boisson non alcoolisée

J'ai utilisé ces mêmes menus dans *Sous l'eau*, le roman que je n'écrirais que vingt ans plus tard, celui où les hôtesses de LOT étaient transformées en infirmières d'Odessa, mais je ne voulais pas y penser. Je refermai le calepin. Au bout d'un moment, je le reposai sur le petit bureau et repoussai la chaise.

À huit heures, le lendemain matin, alors que je me réveillais, j'entendis Maria crier sur son frère qui criait sur la femme de ménage. J'avais oublié que tout le monde criait dans le sud de l'Europe, qu'on claquait les portes, que les chiens aboyaient en permanence et que depuis la vallée nous parvenaient les éternels bruits de marteau pour la construction de murs de pierre, la réparation d'appentis, de clôtures et de poulaillers.

Autre son. Un son si étrangement familier que je voulus m'enfoncer les doigts dans les oreilles pour l'étouffer. Alors que je descendais sur la terrasse pour le petit déjeuner, j'entendis une femme sangloter. SNIF SNIF SNIF. Je n'avais pas envie d'entendre que certains de ces SNIF étaient plus longs que d'autres et qu'ils portaient le chagrin sur toute la longueur du souffle. Les sanglots provenaient du débarras juste au-dessus de la terrasse, la pièce où étaient rangés balais et serpillières. Maria pleurait, le visage enfoui dans ses bras croisés sur la machine à laver. Elle me vit me diriger vers une table et lui tourner le dos.

Dix minutes plus tard, elle arriva avec le petit déjeuner sur un plateau en argent : ramequins de yaourt et miel sombre faits maison, petits pains chauds, grande tasse d'un café savoureux et son pot de lait, verre d'eau de source agrémentée d'une rondelle de citron et deux abricots frais. En déchargeant son plateau, Maria ne me posa aucune question sur ma vie à Londres et je n'en posai aucune sur la sienne à Majorque.

Je m'assurai de la regarder le moins possible, mais je gardais à l'esprit que j'étais une détective amassant des indices pour quelque chose que ni elle ni moi ne pouvions comprendre.

Maria était une des rares femmes dans ce village catholique qui ne soient ni mariées ni mères. Peut-être se méfiait-elle de ces rituels parce qu'elle savait qu'ils finiraient par l'exploiter. Quoi qu'il en soit, elle avait manifestement d'autres sortes de projets en tête. Elle avait conçu le système d'irrigation qui alimentait le verger d'agrumes, et bien sûr, on lui devait aussi l'atmosphère de cet hôtel calme aux tarifs abordables. S'il attirait surtout les voyageurs solitaires, il se pouvait que Maria ait tranquillement et sournoisement construit un lieu qui soit un refuge pour échapper à la Famille. Un lieu qui soit aussi chez elle (son frère vivait ailleurs avec sa femme), mais un chez-elle qu'elle ne possédait pas complètement – toutes les questions financières étaient gérées par son frère. En attendant, Maria avait parié sur une vie qui n'incluait ni les rituels du mariage ni ceux de la maternité.

Alors que je mordais dans la chair orange et sucrée de l'abricot, je me surpris à penser à ces femmes, les mères qui avaient attendu avec moi dans la cour de l'école de récupérer nos enfants. Devenues mères, nous n'étions plus que l'ombre de nous-mêmes, pourchassées par celles que nous avions été avant d'enfanter.

Nous ne savions pas trop quoi faire d'elle, cette jeune femme farouche et indépendante qui nous suivait partout, hurlant et pointant du doigt pendant que nous manœuvrions nos poussettes sous la pluie anglaise. Nous tentions de lui répondre mais nous n'avions pas les mots pour lui expliquer que nous n'étions pas des femmes ayant simplement "acquis" des enfants – nous nous étions métamorphosées (nouveau corps alourdi, poitrine gonflée de lait, hormonalement programmées pour accourir au moindre pleur du bébé) en quelqu'un que nous ne comprenions pas vraiment.

> Et pourtant, la fertilité féminine et la période de la grossesse constituent, aujourd'hui encore, non seulement un pôle de fascination pour l'imaginaire, mais aussi un refuge du sacré. [...] Être mère aujourd'hui nous confronterait aux survivances du *sentiment religieux*.
>
> Julia Kristeva,
> colloque "Être mère aujourd'hui" (2005)

La Mère était la Femme que le monde entier avait imaginée à mort. Il apparaissait très difficile de renégocier le fantasme nostalgique qu'avait le monde sur le but de nos existences. Le problème était que nous aussi, nous avions des rêves tous plus fous les uns que les autres concernant ce que cette Mère devrait "être" et que nous étions affligées du désir de ne pas être décevante. Nous ne comprenions pas encore vraiment que la Mère, telle qu'elle était imaginée et politisée par le Système Sociétal, était une illusion. Le monde aimait l'illusion plus qu'il n'aimait la Mère. En attendant, nous culpabilisions de dénoncer cette illusion au cas où la niche construite pour nos chers petits et nous-mêmes s'effondrerait autour de nos baskets crottées – baskets sans doute fabriquées par des enfants esclaves dans des ateliers clandestins aux quatre coins du globe. Tout ça était fort mystérieux car j'avais l'impression que le monde des hommes et ses arrangements politiques (qui ne bénéficiaient jamais ni aux enfants ni aux femmes) étaient en fait jaloux de notre passion pour nos bébés. Comme tout ce qui implique de l'amour, nos enfants nous rendaient heureuses au-delà de toute mesure – et aussi malheureuses – mais ne nous mettaient jamais dans un état aussi déplorable que le faisait le néo-patriarcat du XXIe siècle. Ce dernier exigeait de nous d'être passives mais ambitieuses, maternelles mais pleines d'une énergie érotique, dans le sacrifice mais comblées – nous devions être des Femmes Modernes et Fortes tout en étant soumises à toutes sortes d'humiliations, tant économiques que domestiques. Si nous passions la plupart de notre temps à culpabiliser sur tout, nous n'étions pas certaines pour autant de savoir ce que nous avions fait de travers.

Il s'était produit quelque chose d'étrange dans la façon dont un certain groupe de femmes que je croisais dans la cour de l'école recourait au langage. Elles employaient des mots puérils, mais pas aussi intéressants que ceux inventés par les enfants. Des mots comme dodo lolo mimi youpi choupi touchtchou ouin-ouin. Par ailleurs, elles instauraient une distance gênée entre les mères de la classe ouvrière qu'elles traitaient de "prolottes" et elles-mêmes. Les prolottes de la cour avaient moins d'argent, moins d'éducation, et mangeaient plus de chocolat et de chips, entre autres gourmandises. Elles prononçaient des phrases telles que : Oh mon Dieu, je ne savais pas où me fourrer. Dans la balance, je trouvais cela plus excitant qu'un vocabulaire puéril.

Oh mon Dieu

Je ne savais pas où me fourrer

Si les Oh mon Dieu faisaient écho à William Blake, le langage qui sortait de la bouche des femmes mimi youpi choupi les rapetissait au lieu de les grandir. J'ai écouté ces mères hébétées parce que je savais que nous étions éreintées et que nous faisions de notre mieux dans la nouvelle niche que le Système Sociétal nous avait allouée. Ce qui, à mes yeux, nous rendait toutes un peu bizarre.

Adrienne Rich, que je lisais à l'époque, a dit les choses telles qu'elles sont : "Aucune femme n'a vraiment voix au chapitre dans les institutions engendrées par la conscience masculine." C'était ça, le truc bizarre. Il m'apparaissait clairement que la Maternité était une institution engendrée par la conscience masculine. Cette conscience masculine était l'inconscience masculine. Elle avait besoin de ses partenaires féminines également mères pour écraser les désirs des femmes et que celles-ci se consacrent aux désirs des hommes, puis à ceux du reste de leur entourage. Nous avons entrepris d'annihiler nos propres désirs et nous nous sommes découvert un talent certain dans ce domaine. Nous avons donc investi beaucoup d'énergie à créer un foyer pour nos enfants et nos hommes.

> La maison, c'est la maison de famille, c'est pour y mettre les enfants et les hommes, pour les retenir dans un endroit fait pour eux, pour y contenir leur égarement, les distraire de cette humeur d'aventure, de fuite qui est la leur depuis les commencements des âges. Quand on aborde ce sujet le plus difficile c'est d'atteindre le matériau lisse, sans aspérité, qui est la pensée de la femme autour de cette entreprise démente que représente une maison. Celle de la recherche du point de ralliement commun aux enfants et aux hommes. Le lieu de l'utopie même c'est la maison créée par la femme, cette tentative à laquelle *elle ne résiste pas*, à savoir d'intéresser les siens non pas au bonheur mais à sa recherche...
>
> Marguerite Duras,
> *La Vie matérielle* (1987)

Personne ne l'a exprimé de manière plus impitoyable, ou plus aimable, que Marguerite Duras. De toute la philosophie et de toute la théorie critique féministe que j'ai lues, rien ne touche plus juste. Marguerite portait des lunettes surdimensionnées et avait un ego surdimensionné. Son ego surdimensionné l'aidait à réduire en bouillie les illusions concernant la féminité sous les semelles de ses chaussures – qui étaient plus petites que ses lunettes. Quand elle n'était pas trop soûle, elle retrouvait l'énergie intellectuelle pour passer à l'illusion suivante et la réduire, elle aussi, en bouillie. Quand Orwell parlait du pur égoïsme comme d'une qualité nécessaire à un écrivain, il ne pensait peut-être pas au pur égoïsme d'une écrivaine. Même la plus arrogante des écrivaines doit mettre les bouchées doubles afin de se constituer un ego assez robuste pour lui permettre de survivre au premier mois de l'année, alors survivre jusqu'au dernier, n'en parlons pas. L'ego durement gagné de Duras me parle à moi, à moi, à moi, en toute saison.

> Un homme et une femme c'est quand même différent. La maternité ce n'est pas la paternité. Dans la maternité la femme laisse son corps à son enfant, à ses enfants, ils sont sur elle comme sur une colline, comme dans un jardin, ils la mangent, ils tapent dessus, ils

dorment dessus et elle se laisse dévorer et elle dort parfois tandis qu'ils sont sur son corps. Rien de pareil ne se produira dans la paternité.

Mais peut-être que la femme sécrète son propre désespoir tout au long de ses maternités, de ses conjugalités. Qu'elle perd son royaume dans le désespoir de chaque jour, cela au cours de toute sa vie. Que ses aspirations de jeunesse, sa force, son amour s'écoulent d'elle par justement les plaies faites et reçues dans la plus pure légalité peut-être que c'est ainsi. Que la femme relève du martyre. Que la femme complètement épanouie dans la démonstration de son savoir-faire, de sa sportivité, de sa cuisine, de sa vertu, elle est à jeter par les fenêtres.

Marguerite Duras,
La Vie matérielle (1987)

Marguerite Duras suggérait-elle que les femmes tiennent plus de la banlieue bien éclairée que du continent noir ? Si la maternité est le seul signifiant féminin, nous savons que le bébé sur nos genoux, à supposer qu'il soit en bonne santé et qu'on s'occupe bien de lui, finira forcément par se détourner de notre sein et ira voir ailleurs. Il ira voir quelqu'un d'autre. Il ira voir le monde et en tombera amoureux. Certaines mères deviennent folles parce que le monde qui les a fait se sentir inutiles est le monde dont leurs enfants tomberont amoureux. La banlieue de la féminité n'est pas un endroit où il fait bon vivre. De même qu'il n'est pas sage de chercher refuge auprès de nos enfants parce qu'ils ont toujours tendance à courir le monde pour y rencontrer quelqu'un d'autre. Oui, j'ai souvent rappelé mes filles pour remonter la fermeture Éclair de leur manteau. Je savais pourtant qu'elles préféraient le froid et leur liberté.

> Beaucoup d'hommes ont déclaré que [...] j'aurais refusé toute valeur au sentiment maternel et à l'amour : non. J'ai demandé que la femme les vécût en vérité et librement, alors que souvent ils lui servent d'alibi et qu'elle s'y aliène, au point que l'aliénation demeure, le cœur s'étant tari.
>
> Simone de Beauvoir,
> *La Force des choses*, tome 1 (1963)

J'ai commencé à envisager les youpi ouin-ouin de la cour d'école comme des squelettes vêtus de cardigans pastel aux boutons cousus de sequins. Les Oh mon Dieu, elles, étaient des squelettes en jogging. Nous étions toutes mal à l'aise dans le Système Sociétal qui divisait la cour de manière scientifique et bête en squelettes riches et squelettes pauvres.

Une mère de ma connaissance avait des yeux si petits que ses camarades youpi choupi les auraient sûrement qualifiés de riquiqui. Ce n'était pas tant dû à leur petitesse qu'à l'impression qu'ils donnaient de vouloir disparaître dans sa tête.

À chacun de mes passages dans la cour, je m'efforçais de ne pas la dévisager, mais impossible de me retenir. Quand ses minuscules judas tentaient de se dérober à mon regard, c'était généralement parce qu'elle insistait sur le fait que son mari charismatique mais tyrannique était l'amour de sa vie. En fait, elle avait échangé sa vie contre cet amour. Je me souviens qu'à l'époque, j'avais pensé : Voilà, ne jamais confondre la haine avec l'amour.

À croire qu'elle s'était dit, par la voix de la conscience masculine qu'elle imitait sans même pouvoir l'habiter, qu'elle n'avait aucune patience pour les imbéciles (moi) et qu'elle défendait certaines valeurs. Le plus déconcertant était qu'elle devait élever ses enfants sans l'aide de son mari ou presque, mais qu'elle se sentait autorisée à se moquer des mères célibataires à l'autre bout de la cour et à les juger. Sa façon de jouer les porte-parole des valeurs et des normes définies par son mari exprimait moins la folie que l'affolement. Elle n'était pas particulièrement aimable, mais j'ai commencé à la considérer comme une prisonnière politique. Si ses yeux voulaient disparaître dans sa tête, c'était, me semblait-il, parce qu'elle refusait de voir que la réalité qu'elle avait choisie pouvait tout aussi bien la massacrer.

Qu'en était-il de mes propres yeux ? Mes yeux qui se remplissaient de larmes sur les escalators essayaient de ne pas se fixer sur tout ce qui allait de travers dans ma vie, mais Oh, mon Dieu, ils ne savaient pas où se fourrer.

Quoi qu'il en soit, je ne regardais pas Maria qui, à cet instant, était en train de balayer la cour en me tournant le dos.

Je décidai de me rendre dans l'épicerie du village à la recherche de ce cacao pur qui avait tellement enivré Bernarda Cabrera, l'épouse fictionnelle et dévoyée. Étrangement, je le trouvai. Là, devant moi, au milieu des autres tablettes de confection plus ordinaire, trônait du CHOCOLATE NEGRO EXTRAFINO : CACAO 99 %. “Ingredientes : cacao, azucar”. L'emballage m'adressait même une mise en garde au sujet de l'“intensidad” de ce chocolat. Le propriétaire de l'épicerie était un Chinois distingué originaire de Shanghai. Depuis le temps que je le connaissais, je ne l'avais jamais vu ailleurs qu'occupé à lire des livres derrière la caisse, des lunettes à monture en écailles de tortue perchées sur son nez à mi-hauteur. Je remarquai que sa chevelure noire était désormais striée d'argent tandis que nous échangions quelques rapides salutations : comment allez-vous, non, pas trop de touristes à cette période de l'année, oui, il fait très froid, la météo annonce même qu'il pourrait neiger, qu'ai-je prévu de faire aujourd'hui ?

Je lui dis que j'allais me rendre à pied au village d'à côté pour y voir le monastère où George

Sand et Frédéric Chopin avaient séjourné durant l'hiver 1838-1839.

Il afficha un sourire plutôt grimaçant. Ah oui. Jorge Sand. Les Majorquins ne l'aimaient pas. Elle s'habillait comme un homme et racontait que les Majorquins préféraient leurs cochons aux gens. Non. Jorge Sand n'était pas une femme avec qui il aimerait partager une bouteille de vin. Je ris sans trop savoir à quoi ni de qui. Je lui payai le chocolat, puis, réflexion faite, j'achetai une seconde tablette à quatre-vingt-dix-neuf pour cent de cacao pour Maria.

George Sand (qui, en réalité, se prénommait Amantine Aurore Lucile) fumait de gros cigares pour passer le temps. Elle en avait eu bien besoin pour supporter de vivre dans la sombre chartreuse de Jésus de Nazareth. Avec ses fleurs fanées et ses saints suppliciés en bois tapis dans les alcôves, le monastère paraissait plutôt sinistre comme endroit où séjourner avec des enfants et où vivre une histoire d'amour. Le guide m'informa qu'elle n'avait pas eu d'autre choix car personne n'osait recevoir Chopin, à qui on avait diagnostiqué une tuberculose. J'admirais cette femme qui tâchait de rester joyeuse pour ses enfants et écrivait à son bureau en portant le pantalon de Chopin, plutôt que de gâcher sa vie à pleurer sur son sort. Gardant tout cela à l'esprit, je quittai le monastère d'un pas énergique et cheminai au milieu des amandiers vers la mer argentée, rugissante et déchaînée au pied des falaises.

Alors que les vagues se fracassaient sur les rochers et que le vent m'anesthésiait les doigts, j'attendis que quelque chose se passe. Je crois que j'attendais une révélation, quelque chose de grand et de profond qui m'ébranlerait jusqu'au tréfonds de l'âme. Il ne se passa rien. Puis je repensai au poster de ma salle de bains intitulé “The Skeletal System” que j'avais rebaptisé “The Societal System”. Je repensai également au piano silencieux qui se dressait dans la grande salle de Maria, un piano épousseté tous les jours même si personne n'en jouait. Je ne sais pas pourquoi ce détail me préoccupait, mais il avait attiré mon attention. À vrai dire, j'avais même tout fait pour ne pas le regarder en descendant les escaliers ce matin-là. Je pensai à tous mes espoirs et je ris. Le son de mon rire cruel me donna envie de mourir.

Plus tard, ce soir-là, quand je demandai au frère belliqueux de Maria une couverture supplémentaire pour m'aider à survivre à une autre nuit glaciale à Majorque, il fit semblant de ne pas me comprendre. Je sentais l'odeur de feu de cheminée dans toute la vallée et il m'apparaissait évident qu'une cheminée était allumée dans chaque maison. L'unique restaurant ouvert hors saison aurait forcément lui aussi des bûches en train de se consumer au fond de sa salle, alors je décidai de m'y rendre. Quand la serveuse me dit que c'était hooooors de question que je m'installe seule à une table de trois, je suivis l'exemple du frère de Maria et fis semblant de ne pas comprendre. Cela incita le couple d'Allemands assis à côté et affublés de chapeaux, manteaux et chaussures de marche assortis à traduire ce qu'elle disait en allemand, en portugais et finalement dans une langue qui ressemblait à du russe. Je reportai absolument toute mon attention sur le menu, acquiesçant d'un air embêté en direction de la serveuse furieuse et des fervents linguistes jusqu'à ce que je remarque l'épicier chinois assis au bar. Il agita la main et se dirigea vers ma table de trois.

Alors, me demanda-t-il, étais-je toujours d'avis que les Majorquins avaient eu de la chance de rencontrer une femme lubrique et malpolie comme Jorge Sand ?

Je lui répondis que oui, ils avaient eu beaucoup de chance de la rencontrer comme j'avais de la chance de le rencontrer ici, alors que j'étais sur le point de me faire éjecter de la table située près de la cheminée. Il s'assit et m'expliqua que George avait beau avoir été nourrie à la délicate cuisine au beurre française, ça n'était pas bien de se moquer des paysans de la sorte parce qu'ils utilisaient de l'huile bon marché. À ces mots, son accent espagnol céda le pas à son accent chinois. Comme si sa voix avait décroché brutalement, tel un avion pris dans des turbulences. Je l'invitai à partager une bouteille de vin à ma table pour trois.

Notre discussion commença par tourner autour de la soupe. Il m'expliqua qu'il avait plus ou moins oublié comment préparer la soupe chinoise. Il avait quitté Shanghai il y avait bien longtemps, à l'âge de dix-neuf ans, et avait embarqué sur un bateau en route pour Paris, où il travailla dans une poissonnerie. Son meublé du XIIIe arrondissement sentait toujours le crabe et la crevette qu'il cuisinait presque tous les jours. Cela rendait son propriétaire perplexe, car il disait que cette chambre sentait plutôt l'urine, d'habitude – comme si c'était un prérequis à Paris. L'Europe était mystérieuse et affolée. Il avait dû apprendre une nouvelle langue et gagner de quoi payer son loyer, mais c'était le début d'une autre façon de vivre et son exaltation ne retombait pas. Aujourd'hui, il vendait des calzones et des saucisses grillées à des touristes et il était plus riche, mais il se demandait à quoi d'autre il pouvait aspirer. Je crois qu'il me posait une question, mais je ne voulais pas y répondre. Il prit une petite gorgée de vin et reposa le verre délicatement, presque chirurgicalement, sur la table. Puis il leva la main et me tapota le bras avec deux doigts.

"Vous êtes écrivaine, n'est-ce pas ?"

C'était une question un peu biaisée parce que, quelques années plus tôt, je l'avais aperçu en train de lire un de mes livres derrière les fromages dégoulinants mis en avant pour les touristes sur le comptoir de son magasin. Il savait que j'étais écrivaine et je me demandai donc ce qu'il voulait vraiment savoir. Je devinai qu'il m'interrogeait sur autre chose. Je pense que moi aussi, je m'interrogeais sur autre chose parce que je n'étais toujours pas plus avancée sur la raison qui me faisait pleurer sur les escalators. Alors quand il dit "Vous êtes écrivaine, n'est-ce pas ?", ce qui m'apparut, ce fut une fois de plus le poster du squelette dans ma salle de bains. Je n'étais pas persuadée que mon squelette ait trouvé un moyen de se déplacer librement dans le système sociétal – pour commencer, se retrouver seule le soir dans un restaurant vide et pouvoir s'asseoir à une table s'était révélé plutôt épineux. Si j'avais été George Sand, j'aurais jeté mon mégot de cigare par terre, me serais assise à une table de six et aurais commandé d'une voix forte un cochon de lait et une grande bouteille de leur meilleur vin rouge. Mais ce n'était pas le genre de spectacle que je voulais donner. La nuit précédente, quand j'avais pénétré dans la forêt à minuit, c'était vraiment ce que j'avais voulu faire. Je m'étais perdue parce que j'avais raté l'embranchement qui conduisait à l'hôtel, mais je crois que je voulais me perdre pour voir ce qui allait se passer.

Je n'avais toujours pas répondu à la question de l'épicier, "Vous êtes écrivaine, n'est-ce pas ?". Ce printemps-là, alors que ma vie était très compliquée et que je ne voyais tout bonnement pas vers quoi tendre, il m'était impossible de dire oui, euh, ou même d'acquiescer. J'imagine que mes pensées m'embarrassaient. De toute façon, la réponse aurait été trop longue ; cela aurait donné quelque chose du style : "Quand une écrivaine met un personnage de femme au cœur de son enquête littéraire (ou d'une forêt) et que ce personnage commence à projeter de l'ombre et de la lumière partout, elle devra trouver un langage qui lui apprenne en partie à devenir un sujet plutôt qu'une illusion et qui démêle d'autre part les diverses façons dont elle a tout d'abord été assemblée par le Système Sociétal. Elle devra se montrer ingénieuse dans cette entreprise car il lui faudra affronter beaucoup de ses propres illusions. En fait, il vaudrait mieux qu'elle se montre ingénue à l'instant de se lancer. C'est déjà assez dur d'apprendre à devenir écrivain, mais apprendre à devenir un sujet, c'est épuisant."

Je ne savais pas comment raccorder ces pensées et une part de moi ne voulait pas passer une seconde supplémentaire à (re)penser à tout ça. Je les laissai donc en suspens comme une vague qui attend de retomber et je n'avais toujours pas répondu à l'épicier.

Il me tapota le bras une fois de plus. Puis il me resservit en vin. Il avait le regard clair et gentil. Il m'invitait à parler et je devinais qu'il penchait davantage pour une version plus longue qu'un oui, un non, un "hmmm" ou un haussement d'épaules. Je me dis que je n'avais rien à perdre à lui raconter que je pleurais sur les escalators.

Il dit : Écoutez, vous savez que je parle espagnol et que je parle aussi français. Mais mon anglais n'est pas formidable. Est-ce que vous parlez chinois ?

Non.

Est-ce que vous parlez français ou espagnol ?

Non.

Pourquoi, vous autres Anglais, vous ne parlez jamais aucune langue étrangère ?

C'est vrai, dis-je, mais est-ce que vous savez que je ne suis pas tout à fait anglaise, non plus ?

Il fut surpris et la serveuse au regard féroce et rugissant, qui nous écoutait discrètement un peu plus loin, eut l'air surprise elle aussi. Bien sûr, il me demanda ensuite où j'étais née. Je me mis à parler en anglais à l'épicier chinois, mais je ne suis pas sûre de lui avoir raconté tout ce que vous allez lire maintenant.

Deux

Inspiration historienne

> Peu à peu s'est révélé à moi ce que fut toute grande philosophie jusqu'à présent : à savoir l'auto-confession de son auteur et des sortes de *mémoires* involontaires et inaperçues.
>
> Friedrich Nietzsche,
> *Par-delà le bien et le mal* (1886)

I. JOHANNESBURG, 1964

Il neige sur l'Afrique du Sud en plein apartheid. Il neige sur un zèbre et il neige sur un serpent. Il neige sur les lunettes de mon père et pendant un moment, je ne vois plus ses yeux. J'ai cinq ans et je n'ai vu la neige que dans les livres illustrés. Mon père me prend par la main et nous descendons les marches de la véranda rouge pour rejoindre le jardin et observer notre pêcher de plus près. Il est couvert de cristaux de glace. Nous allons faire un bonhomme de neige même si nous n'avons ni gants ni écharpes assez chaudes, peu importe, dit papa, allons-y, ce n'est pas tous les jours qu'il neige en Afrique.

D'abord, nous fabriquons le corps, ramassons des poignées de cette neige miraculeuse de Johannesburg et les tapotons pour leur donner la forme d'un dôme rebondi. Nous fabriquons la tête du bonhomme de neige en dernier, lui dessinons un large sourire avec une brindille tombée du pêcher. Que fait-on pour les yeux ? Je retourne dans la maison en courant et reviens avec deux biscuits au gingembre. Nous creusons des trous et enfonçons les biscuits ronds dans la tête de neige. À la nuit tombée, nous regagnons l'intérieur de notre bungalow de location situé dans la banlieue de Norwood, gravissons les marches cirées qui mènent à la véranda rouge qui mène à la porte qui ouvre sur la cuisine où un sac en coton rempli d'oranges est appuyé contre le mur du placard dont la peinture s'écaille.

À l'extérieur, le bonhomme de neige se dresse sous les étoiles africaines. Demain, nous le ferons encore plus grand et plus gros, et nous lui trouverons une écharpe.

Cette nuit-là, alors que j'étais couchée, l'unité spéciale des services de la sûreté frappe à la porte de notre bungalow. Ils cherchent mon père et lui disent de faire sa valise. Deux des policiers fument des cigarettes dans le jardin sous le regard du bonhomme de neige aux yeux ronds et creux. La valise que mon père prépare est très petite. Est-ce que ça veut dire qu'il reviendra bientôt ? Les hommes ont leurs grosses mains posées sur ses épaules. Papa essaye de me sourire. Un sourire comme celui du bonhomme de neige, qui remonte aux commissures. Voilà que les hommes le font sortir au pas de course, ces hommes dont je sais, parce que j'ai surpris une conversation entre papa et maman à leur sujet, qu'ils torturent des gens et qu'ils ont parfois des croix gammées tatouées sur les poignets. Une voiture est garée devant la maison. Les hommes parlent avec un accent et lancent : "FITE FITE FITE." La voiture blanche s'éloigne avec mon père à l'intérieur. Je lui fais signe, mais lui non.

Quand je vais dans le jardin en pyjama, je pose une question au bonhomme de neige. Je lui parle comme d'autres parlent à Dieu, je lui parle dans ma tête et il me répond.

"Qu'est-ce qui va se passer ?"

Le bonhomme de neige me dit : "Ton père va être jeté au fond d'un donjon et torturé et il hurlera toute la nuit et tu ne le reverras plus jamais."

Je sens que quelqu'un me caresse les cheveux. Puis les larges mains brunes de Maria me couvrent le visage, ses paumes pressées contre mes joues. Maria est une grande femme zouloue qui garde dans sa poche une réserve secrète de bonbons oblongs et caoutchouteux appelés

Pinkies, emballés dans du papier paraffiné. Maria pleure, elle aussi. Elle dit : “Si tu ne crois pas à l’apartheid tu peux finir en prison. Il va falloir être courageuse aujourd’hui et demain, comme beaucoup d’enfants doivent être courageux parce que leur père et leur mère ont eux aussi été emmenés.”

Maria vit avec nous, et c’est ma nounou. Elle a une fille de mon âge qui s’appelle Thandiwe, mais Maria dit que l’autre nom de Thandiwe est Doreen pour que les Blancs puissent le prononcer. Maria se prénomme en réalité Zama. Je peux dire Zama, mais elle dit de l’appeler Maria, un prénom italien et espagnol, ainsi que me l’a expliqué ma mère.

“Maria, qu’est-ce qu’elle fait, Thandiwe, maintenant ?”

Chaque fois que j’interroge Maria sur sa fille, elle claque la langue. Je crois que ça signifie ARRÊTE, arrête de me poser des questions sur Thandiwe. Quand nous revenons à la cuisine, elle me dit de lui passer de la Vaseline sur les pieds. Maria garde toujours un pot de Vaseline dans sa poche avec les Pinkies. Elle le sort et je m’assois par terre pour qu’elle puisse caler son pied droit sur mes genoux. La peau à l’arrière de ses talons est sèche et crevassée, et c’est pour ça que je suis chargée de lui “astiquer” les pieds à l’aide de la gelée huileuse jusqu’à ce que mes doigts me brûlent. En même temps, je regarde ma mère passer des appels à des avocats et des amis pendant que mon frère d'un an, Sam, dort contre son épaule. Quand maman fait signe du regard à Maria, je sais qu'elle ne veut pas que j'entende ce qu'elle dit.

"Maria, qu'est-ce qu'elle fait, Thandiwe, maintenant ?"

Une semaine plus tôt, Thandiwe est venue à la maison et Maria nous a mises ensemble dans la baignoire avant de nous frotter avec un pain de savon Lux tout neuf. Nous nous dévisagions et tenions le savon à tour de rôle. Maria nous a même donné un Pinkie chacune donc ce devait être un jour spécial, puis elle a passé de la Vaseline sur nos lèvres gercées par le soleil. Quand Thandiwe a dû quitter la maison, elle a crié comme un tuyau d'arrosage qu'on aurait lacéré. Les larmes lui giclaient des yeux et coulaient sur la serviette qu'elle avait autour de la taille. Elle a pleuré pendant que sa mère la tenait sur ses genoux et lui enfilait ses chaussures d'école flambant neuves qu'elle avait achetées avec son salaire. Les bras de sa petite fille sentaient le savon Lux et lui entouraient le cou. Thandiwe n'était pas censée se trouver dans notre maison parce qu'elle était noire. J'ai dû promettre de ne le dire à personne, à personne personne. Parfois j'appelais Thandiwe Doreen, parfois non. Doreen pleurait encore quand Maria a quitté le bungalow pour l'accompagner à l'arrêt du bus "réservé aux Noirs" qui la ramènerait là où elle vivait dans le "township". Maria lui a dit qu'elle devait être courageuse et que sa grand-mère avait hâte de voir ses nouvelles chaussures. Regarder Thandiwe essayer d'être courageuse était la pire chose qui me soit jamais arrivée jusque-là, en dehors de l'arrestation de papa. Je ne sais pas ce qui est arrivé après que j'ai eu passé de la Vaseline sur les pieds de Maria, mais plus tard, j'étais au lit avec ma mère allongée à côté de moi. Quand nos têtes se sont touchées, il y avait de la douleur et il y avait aussi de l'amour.

Le lendemain matin, le bonhomme de neige avait fondu. Il avait disparu exactement comme papa.

Qu'est-ce qu'un bonhomme de neige ? C'est une présence paternelle ronde fabriquée par des enfants pour garder un œil sur la maison. Il pèse lourd, il ne manque pas de matière, mais manque de substance, il est fragile, spectral. À la seconde où on lui a donné des yeux en biscuit, j'ai su qu'il s'était transformé en fantôme de neige.

II

Deux ans plus tard, j'avais sept ans et papa était toujours parti, mais ma mère disait qu'il allait revenir. J'ai plongé le regard dans les yeux peints de ma Barbie et j'ai pensé à ça. Mon père était parti. Il était parti parce qu'il était membre de l'African National Congress et le gouvernement avait interdit l'ANC parce qu'il luttait pour l'égalité des droits. Tout le monde devait être courageux.

J'ai cherché dans les yeux bleus de ma Barbie les signes de son absence de courage. À mon plus grand soulagement, je n'en ai trouvé aucun parce que ses yeux avaient été peints sur son visage. Elle était aussi calme et jolie qu'il était possible de l'être et je voulais lui ressembler. J'étais contente que ma poupée soit fournie avec quatre perruques et un sèche-cheveux. Barbie n'était clairement pas affectée par les choses affreuses qui se passaient dans le monde. J'aurais aimé avoir des yeux bleus peints agrémentés de longs cils noirs. Je voulais des yeux qui ne gardent aucun secret (mais alors il est où, ton père ?) parce qu'il n'y avait aucun secret à garder (on le torture au fond d'un donjon). Barbie était en plastique et moi aussi je voulais être en plastique.

À l'école, quand j'essayais de parler, j'avais beaucoup de mal à faire sortir les mots assez fort. C'était comme si on avait baissé le volume de ma voix et que je ne savais pas comment le remonter. Toute la journée on me demandait de répéter et j'essayais, mais répéter les choses ne les rendait pas plus audibles.

“Tu es muette ?”

Je disais aux autres enfants que mon père était en voyage en Angleterre.

“Où ça ?

— En Ingerland.”

Je ne savais pas trop où se trouvait l’Angleterre ni où se trouvait mon père exactement, mais ma professeure d’afrikaans me dévisageait comme si elle était au courant de tout. Je pensais à l’expression “tomber du ciel”. C’était tellement excitant de penser au nombre incroyable de choses qui pouvaient venir du ciel. Et ce ciel qui était bleu, vaste et mystérieux, c’était comme une brume ou du gaz, comme une planète, mais aussi comme une tête humaine qui a la forme d’une planète. Ma professeure m’a posé une question comme tombée du ciel, elle a voulu que j’épelle mon nom.

L-E-V-Y.

Il me paraissait évident qu’elle savait que mon père était un prisonnier politique, mais dans la foulée, elle s’est exclamée : “*Ja*, tu es juive !”, à croire qu’elle venait de découvrir quelque chose d’incroyable, telle une pièce de monnaie romaine coincée dans la patte d’un chaton ou une libellule cachée dans une miche de pain. Et puis elle a battu de ses cils couleur foie et a dit : “J’en ai assez de tes bêtises.”

Cette remarque n’était pas tombée du ciel. Pas du tout. J’en voulais pour preuve les commentaires énervés qu’elle laissait dans mon cahier d’exercices depuis des semaines.

TOUJOURS ÉCRIRE À PARTIR DE LA LIGNE DU HAUT. COMMENCER ICI.

Je n'avais pas prêté attention à sa correction au stylo rouge parce que écrire sur la première ligne était impossible. Je ne savais pas pourquoi, mais j'avais toujours commencé à la troisième ligne pour qu'il y ait un espace entre le haut de la page et ma première phrase. Elle disait que je gâchais du papier et avait rempli le vide laissé sur chaque page de ses propres mots.

COMMENCER ICI.

COMMENCER ICI.

COMMENCER ICI.

Quand elle a remué le doigt sous mon nez, il s'est directement engouffré dans mon œil, pareil à un fantôme traversant un mur de briques.

“Tu vas me lire à haute voix ce que j'ai écrit dans ton cahier.

— Commencer ici.

— Je ne t'entends pas !

— COMMENCER ICI.

— Oui. Pourquoi est-ce que tu es la seule de ma classe à penser qu'on peut commencer n'importe où on en a envie ? Prends ton cahier et va dans le bureau du directeur. Il t'attend.”

La nouvelle tombait du ciel. Je ne voulais pas vraiment que M. Sinclair m'attende.

Le cahier incriminé sous le bras, j'ai observé l'autre salle à travers la vitre. En classe 1J, un garçon prénommé Piet avait une marque violette sur le front, semblable à une blessure par balle. Tous les enfants savaient qu'un instituteur lui avait rasé la tête et passé de l'iode avec une boule de coton parce qu'il jurait en classe. À présent, son front était taché de violet pour que tout le monde voie qu'il avait fait quelque chose de mal. Je me suis demandé si la marque partirait un jour. Quand j'ai appris l'existence de Jésus-Christ et la façon dont les clous avaient été enfoncés à coups de marteau dans ses pauvres mains de charpentier, j'ai pensé à Piet. Garderait-il un trou dans la tête pour le restant de ses jours, exactement comme Jésus-Christ, qui est revenu à la vie avec les mains percées ? Je voyais Piet à travers la vitre et la tache violette sur son front d'un blanc laiteux, pendant que son doigt suivait les mots sur la page. Le savon Lux enlèverait-il la tache violette ou était-elle trop incrustée ?

Piet était un nom afrikaans et je savais que les hommes FITE FITE FITE qui avaient emmené mon père étaient afrikaners, eux aussi. J'étais censée penser que les Afrikaners étaient méchants, ou du moins j'en avais la vague idée, mais j'avais vraiment de la peine pour Piet. Puis je me suis souvenue que j'avais fait quelque chose de mal, moi aussi, et que je devais traverser la passerelle en béton qui menait au bureau du directeur.

La passerelle enjambait la cour. Tous les enfants blancs étaient en classe mais trois enfants noirs, deux garçons et une fille, avaient escaladé la grille et fouillaient les poubelles. Les enfants africains étaient pieds nus et la petite fille portait une robe jaune à laquelle il manquait une manche. Elle avait les cheveux coupés près du crâne, comme Thandiwe. Parfois, Thandiwe et moi nous lavions les cheveux avec le pain de Lux. Quand on se mettait du savon dans les yeux, nous devions nous asperger le visage d'eau et essayer de trouver une serviette à tâtons. On se cognait l'une dans l'autre parce que le savon piquant nous avait aveuglées, mais nous n'étions pas aussi aveugles que nous le prétendions. Nous aimions nous cogner l'une dans l'autre. De mon point d'observation sur la passerelle, je voyais que la petite fille avait trouvé du pain et qu'un des garçons avait trouvé une chaussette verte. Il l'a mise dans sa poche. Et puis il a levé les yeux et a vu que je le regardais. Je me suis aussitôt accroupie, puis je me suis redressée et j'ai de nouveau jeté un coup d'œil par-dessus la passerelle. Les enfants s'étaient enfuis et M. Sinclair m'attendait.

"Montre-moi ton cahier."

Le directeur assis à son bureau buvait une tasse de café.

Mes mains ont poussé le cahier d'exercices vers lui en le faisant glisser sur la table brillante. Il l'a ouvert et a regardé la première page. Il l'a tournée, puis en a tourné une autre. M. Sinclair fronçait les sourcils. Je voyais son doigt qui pointait la ligne du haut. Une touffe de poils noirs se dressait sur son articulation alors qu'il tapotait la page avec ses COMMENCER ICI écrits partout.

"Ici. Pourquoi tu ne commences pas ici ? Ici. Ici. Ici. Il faut commencer ici. Tu comprends ?"

Quand j'ai acquiescé, mes deux couettes blondes ont rebondi d'un côté à l'autre.

Il s'est levé et a remonté les manches de sa chemise. La photo encadrée de deux enfants était posée sur son bureau. Un garçon et une fille. Le garçon avait les cheveux rasés comme Piet et il portait un uniforme de scout. La petite fille portait une robe en vichy bleu avec un bandeau bleu assorti dans ses jolis cheveux roux. Soudain, j'ai senti les mains de M. Sinclair sur mes jambes. J'ai sursauté sous le coup de la surprise. Le directeur me frappait l'arrière des jambes.

Il y avait une chose que je commençais à comprendre à sept ans. Cela était lié au fait de ne pas se sentir en sécurité avec les gens censés nous garantir la sécurité. J'en voulais pour preuve que même si M. Sinclair était un adulte blanc dont le nom était écrit en lettres d'or sur la porte de son bureau, j'étais manifestement moins en sécurité avec lui qu'avec les enfants noirs que j'avais espionnés dans la cour. Deuxième preuve, les enfants blancs avaient secrètement peur des enfants noirs. Ils avaient peur parce qu'ils leur lançaient des pierres et se comportaient mal avec eux. Les Blancs avaient peur des Noirs parce qu'ils leur avaient fait du mal. Si vous faites du mal aux gens, vous ne vous sentez pas en sécurité, vous ne vous sentez pas normal. Les Blancs n'étaient pas normaux en Afrique du Sud. Je savais tout du massacre de Sharpeville survenu un an après ma naissance, la police blanche qui avait abattu des enfants noirs, des femmes, des hommes, la pluie qui était tombée après et avait lavé tout le sang. Quand M. Sinclair a dit : "Retourne en classe", il haletait et transpirait et je voyais bien qu'il ne se sentait pas normal.

Serrant contre moi le cahier qui m'avait causé tant de problèmes, j'ai décidé de ne pas retourner en classe. J'ai franchi le portail de l'école et je me suis dirigée vers le parc où je me suis balancée sur un pneu suspendu à un arbre par une corde. Un panneau en émail rouge cloué à la clôture indiquait : "Aire de jeux réservée aux enfants européens. Sur ordre de la mairie." Comme le soleil brûlait mes genoux dénudés, je suis allée vers la bascule qui était à l'ombre et suis restée là pendant deux heures.

Quand je suis rentrée à la maison, j'ai sorti une orange du sac dans le garde-manger et je l'ai roulée sous mon pied jusqu'à ce qu'elle soit molle. Puis j'ai fait un trou dedans avec mon pouce et j'ai aspiré le jus. J'avais encore soif alors j'ai bu de l'eau au tuyau d'arrosage dans le jardin. C'était l'heure la plus chaude de la journée et notre matou s'était affalé sous le pêcher qui, un jour, avait été miraculeusement couvert de neige. À six heures, ma mère est rentrée du travail en me disant qu'il fallait qu'on parle. Il était évident que l'école l'avait appelée pour l'informer de mon absence dans l'après-midi parce qu'elle m'a annoncé que j'allais passer quelques mois chez ma marraine, à Durban. Après qu'elle m'eut serrée un long moment dans ses bras, je suis allée dans le jardin pour annoncer la nouvelle à Maria.

Le soir, Maria s'asseyait toujours sur les marches de la véranda et buvait du lait concentré d'une petite conserve qu'elle perçait avec un ouvre-boîtes. Elle a dit qu'elle cherchait les crevettes de Parktown. Sam et moi avions planté dix graines de melon dans le jardin, mais Maria nous avait expliqué que les crevettes de Parktown mangeraient peut-être les jeunes melons avant nous. Elle avait expliqué que ces crevettes étaient en fait des criquets royaux qui attaquaient les pêches pourries tombées de notre arbre. Si nous les touchions, ils nous sauteraient au visage et nous vaporiseraient un liquide noir dans les yeux. Quand je me suis assise à côté d'elle sur les marches, elle m'a mis de la Vaseline sur les lèvres et m'a demandé si tout allait bien à l'école. J'ai secoué la tête et elle m'a prise sur ses genoux, mais je savais qu'elle était fatiguée et voulait être seule pour boire son lait concentré. Elle m'a dit que les étoiles brillaient si fort qu'elle serait capable de voir arriver les crevettes de Parktown et qu'elle leur damerait le pion si c'était le cas. Puis elle m'a donné une poignée de Pinkies sortis de sa poche et m'a dit qu'il faudrait que je lui parle de la nouvelle perruche de Marraine Dory à mon retour à la maison. Apparemment, la perruche s'appelait Billy Boy. J'aimais la façon dont Maria disait "Marraine Dory". Est-ce que c'était ça qu'on appelait une expression ? J'ai résolu qu'une fois à Durban je ne dirais pas "Dory", mais "Marraine Dory". Ça ne sonnait pas très bien quand je le disais pour moi. En fait, chaque fois que je prononçais les mots "Marraine Dory" tout haut, cette combinaison me paraissait désagréable – comme si je marchais avec trois petits cailloux dans mes chaussons de gym. Sans trop savoir pourquoi, je ne voulais pas me débarrasser des cailloux.

À la fin de la semaine, une élégante hôtesse de l'air avec un gros diamant au doigt m'a fait gravir les escaliers de l'avion et m'a dit de sucer mon pouce dès que l'engin décollerait pour Durban.

"Regarde comme les diamants habillent une femme, m'a dit l'hôtesse avec un clin d'œil. Un jour quand tu te marieras, ton fiancé t'offrira un diamant gros comme le Ritz." Elle a battu des paupières et la lueur du caillou a elle aussi vacillé. "Si l'avion s'écrase, je donnerai un coup de sifflet, d'accord ?" Assise toute seule à sucer mon pouce, j'ai attendu qu'elle donne un coup de sifflet, mais elle était trop occupée à parcourir les couloirs pour montrer sa bague de fiançailles aux passagers.

Plus tard, elle a dit : "Regarde, c'est le Maputaland, tu vois les lacs et les marais ? Là, c'est Rocktail Bay, où mon amoureux m'a fait sa demande. Il y a un récif corallien. On est presque arrivés à Durban. Il faudra que tu demandes à ton papa de t'emmener dans la réserve de gibier et de te montrer les lions et les éléphants."

J'ai acquiescé.

"Ben alors, tu ne dis rien ?"

J'ai secoué la tête.

"T'as oublié ta langue à Jo'burg ?"

J'ai acquiescé.

"Est-ce que le pilote ne serait pas en train de m'appeler ? C'est bien lui, pas vrai ? J'espère qu'on n'a pas perdu une aile !"

Elle m'a adressé un clin d'œil et s'est dirigée vers le cockpit, où le pilote fumait un cigare. C'était son anniversaire et l'équipage lui chantait un hymne de stade de rugby :

Elle était nue comme un ver
Un ver un ver un ver
Elle était nue comme un ver

III

Marraine Dory présidait à l'existence de Billy Boy tel un gardien devant ses buts.

Impossible pour lui de retourner au monde des oiseaux parce qu'il était enfermé dans une cage. Il sautillait sur son échelle et sa balançoire, battait des ailes pour filer de l'une à l'autre, mais ce n'était pas la même chose que de voler.

"Ferme cette fenêtre ou Billy Boy va s'enfuir. Tu peux le prendre dans tes mains. Tu veux ?"

J'ai acquiescé.

"Il fait plus de bruit que toi."

Quand j'ai pris Billy Boy au creux de mes paumes et que j'ai enfoui mon nez dans ses plumes douces, le chant de stade du pilote m'est venu à l'esprit.

Elle était nue comme un ver
Un ver un ver un ver
Elle était nue comme un ver

Pauvre Billy Boy. Il était si triste sous ses plumes. Ses petits organes et ses petits os. Marraine Dory m'a dit de lui compter les orteils tous les mois. Apparemment, si une perruche perd des orteils, c'est à cause des acariens. Et je devais écouter sa respiration. Si j'entendais un "cliquetis" quand il inspirait, cela voulait dire qu'il souffrait d'acariose. Marraine Dory savait absolument tout sur les perruches. Elle m'a dit qu'il était très important de ne pas s'apitoyer sur le sort d'une perruche malade en vente dans une animalerie.

"La pitié ne guérira pas une perruche malade. Elle mourra de problèmes respiratoires quoi que tu fasses."

J'ai essayé d'étouffer la pitié que j'éprouvais pour Billy Boy au cas où ça le tuerait, mais elle ne cessait de revenir. J'ai regardé la sciure au fond de sa cage et je me suis dit qu'il était heureux et épanoui même si je n'y croyais pas. Quant à moi, j'étais d'avis que pour Billy Boy, la vie n'avait tenu aucune de ses promesses, que tous ses espoirs avaient été dévorés par les fourmis et que ses parents étaient passés sous un train.

J'avais oublié combien ma marraine était énorme. Quand elle me serrait dans ses bras, je disparaissais dans les plis de son ventre. Tout devenait noir, les bruits étouffés, et j'entendais l'eau goutter dans sa tuyauterie. Un grondement qui rappelait la mer située à huit kilomètres de la maison. L'océan Indien. Une mer remplie de requins. Les maîtres-nageurs du Golden Mile, ainsi que se nommait la plage, devaient inspecter les filets anti-requins tous les matins et faire des annonces par les haut-parleurs s'il était trop dangereux d'aller nager. J'avais déjà dû sortir de l'eau en courant et attendre sur le sable jusqu'à ce qu'un requin soit capturé. Ce qui m'avait donné l'occasion de lire les panneaux le long de la plage :

VILLE DE DURBAN
CET ESPACE DE BAIGNADE EST
STRICTEMENT RÉSERVÉ
AUX MEMBRES DE LA RACE BLANCHE

Les seuls Noirs autorisés sur la plage étaient les vendeurs de glaces qui marchaient pieds nus sur le sable brûlant en agitant une clochette et criaient : "Eskimos, glaces, Eskimos !" Parfois les jeunes surfeurs blancs se faisaient manger une jambe s'ils s'aventuraient trop loin sur leur planche et ma marraine me montrait leur photo dans le journal le lendemain. Elle disait qu'elle craignait davantage les ténias que les requins. Quand le chat roux a vomi sur le tapis, elle a levé les bras au ciel et s'est mise à hurler parce qu'elle craignait qu'il n'y ait un ténia dans le vomi. La bonne prénommée Caroline a tout nettoyé pendant que Madame fermait les yeux et couinait, sa main douce et blanche plaquée sur ses lèvres. J'avais l'impression qu'un ténia aurait pu avaler un requin entier ; la peur n'avait pas de taille logique et, de surcroît, la peur était *hermaphrodite*. Ma marraine m'a raconté que le corps très très long des ténias possédait des organes mâles et femelles : "À l'intérieur, ils ont des ovaires et des testicules", ils étaient "hermaphrodites" et si ce n'était pas assez effrayant : “Toute personne friande de viande crue devrait savoir qu’un ténia aimerait la manger.”

Devant la maison de Durban, accroché à la clôture par du fil de fer, se trouvait un grand panneau :

RIPOSTE ARMÉE

Quand j’ai demandé ce que ça voulait dire à ma marraine qui savait tout, elle s’est fait une joie de m’expliquer : “Si les Noirs entrent par effraction dans la maison pour nous cambrioler, mon mari, le vénérable Edward Charles William, les abattra, mais ne le dis pas à ta mère. Donc tant que tu seras chez nous, inutile de t’inquiéter de quoi que ce soit !” Jusque-là, on m’avait fait découvrir les requins, les ténias et les armes. Les hermaphrodites. Et les orchidées. “Viens voir les fleurs de mon jardin. Mes orchidées sont petites mais leur parfum est plus prononcé.”

C’est dans le jardin de Marraine Dory, au cœur du Durban subtropical, qu’un miracle m’attendait, une hallucination, un mirage, une sorte de personnage de bande dessinée. Une poupée Barbie en chair et en os était adossée au palmier sous le ciel bleu du Natal, repoussant les mouches qui venaient se poser sur ses longues jambes bronzées. Quelque chose brillait au soleil. C’était une lettre en or en forme de M et le M était attaché à une chaîne en or qu'elle portait autour du cou. J'étais éblouie. Sans que je comprenne comment, Marraine Dory avait réussi à donner naissance à une jeune fille mince et blonde qui semblait faite en plastique.

"Bonjour. Je suis Melissa. Je viens juste de rentrer d'un cours de sténographie à Pretoria. Tu ne me dis pas bonjour ? Tu n'es pas à l'église, tu peux parler haut, tu sais."

Alors que ma mini Barbie perdait de son aura et n'était plus qu'un simple jouet avec des cheveux en nylon, une Barbie bien vivante en minijupe bleu pastel était apparue sur scène.

"Allez, chouchou. Viens t'asseoir dans ma chambre et parle-moi."

Melissa avait dix-sept ans, coiffait ses cheveux en choucroute et se peignait les cils avec une petite brosse qu'elle trempait dans un pot de mascara noir.

"Hé, tu ne parles pas ? Aaaah. Tu n'es pas obligée. Mais écoute : là, je passe mes examens de secrétaire. Je dois faire de la sténo, donc si tu me parlais vite, je pourrais m'entraîner à écrire ce que tu dis. On appelle ça le système Pitman." Melissa a sorti un stylo et a gribouillé sur le dos de sa main. "Mais avant toute chose, bienvenue à Durbs, copinette."

C'était un honneur que d'avoir le droit de m'asseoir sur le lit de Melissa et d'être témoin de la façon dont elle se crêpait les cheveux avec un peigne en plastique jusqu'à les faire se dresser sur sa tête. Il y avait un cendrier en cristal sous le lit. Je l'apercevais sous les pompons blancs qui frémissaient au bord de l'édredon en satin rose. Melissa fumait en cachette et gardait le cendrier sous son lit pour que sa mère ne voie pas les mégots. Le moment que je préférais était celui où je pouvais vaporiser de la laque dorée sur sa choucroute avec la petite bombe pendant qu'elle m'observait à travers ses paupières mi-closes, les cils raides de mascara. La vapeur sucrée et chimique de la laque agissait comme un analgésique. Je regardais Melissa se préparer dans un silence humble et fasciné. L'idée que les gens en plastique étaient plus intéressants que les autres était d'abord née avec les yeux peints en bleu de Barbie, puis avec les yeux peints en marron de Maria chaque fois que je l'interrogeais sur Thandiwe, et finalement dans le laboratoire adolescent de Melissa. Melissa s'inventait littéralement par le maquillage. Que la marque de son rouge à lèvres, de son mascara et de son ombre à paupières s'appelle "Make Up", qui voulait dire à la fois maquiller et inventer, m'enthousiasmait au plus haut point. Partout dans le monde, des gens s'inventaient par le maquillage et la plupart étaient des femmes.

"Hé, bêtasse, laisse-moi te coiffer. Viens sur mes genoux, tu vas avoir l'air bath, tu vas voir."

Avec l'aide de Melissa, ma triste et sage queue-de-cheval s'est vite changée en un exotique rouleau de tresses dorées fixées au sommet de mon front. Melissa a dit que je ressemblais à une star de cinéma et qu'il ne manquait plus que des rivières de diamants et de rubis à mes oreilles, à mon cou et à mes poignets. Les émeraudes m'iraient encore mieux à cause de mes yeux verts. Quand je deviendrais mère, mes émeraudes ayant "atteint leur but", je les transmettrais à mes filles. Quel était leur but ?

Melissa me disait que j'étais "une beauté" et qu'un jour, si je n'oubliais pas de bien me nettoyer les ongles, un bel homme me prendrait la main et que ses lèvres n'en finiraient plus de l'embrasser. Puis il se mettrait à genoux devant moi, je baisserais les yeux vers la raie de ses cheveux et il me supplierait de devenir sa femme. J'espérais devenir comme Melissa quand je serais grande. Moi aussi, je fumerais des cigarettes, serais capable de griffonner dans le système Pitman et conduirais pieds nus des voitures rapides, mes talons hauts jetés sur la banquette arrière.

"Il faut toujours conduire pieds nus, copinette, il n'y a rien de mieux."

Mais d'abord, il me fallait passer en catimini devant son père qui n'avait qu'un œil et me rendre invisible. Edward Charles William avait un œil normal et un œil de verre. Melissa m'a raconté que, lorsqu'il était petit, quelqu'un lui avait arraché un œil pendant un match de rugby et que, depuis, ses yeux n'étaient plus pareils. L'œil de verre comportait des flammes violettes. On avait presque l'impression qu'un feu brûlait dans son orbite. Je me suis donné une règle : ne regarder que son œil de verre. Jamais l'autre. Un œil de verre était un œil qui ne voyait pas et je ne voulais pas qu'il voie que j'avais peur de lui. Edward Charles William était comme un pacha. Quand il s'asseyait au bout de la table avec sa femme et sa fille unique, je nous voyais toutes réfléchies dans son œil de verre, je voyais même le chien gris appelé Rory qui remuait la queue et haletait dans l'œil d'Edward Charles William.

"ROOOREEEEE ! Assis ! Assis !

— Papaaaa. Ho, p'pa, tu fiches la trouille à ma nouvelle copinette ! Ne fais pas attention à lui, bêtasse, il ne ferait pas de mal à une mouche."

Melissa a agité ses ongles vernis roses en direction de son père, lui adressant des clins d'œil pendant qu'elle remplissait son verre de scotch et m'envoyait à la cuisine chercher des glaçons.

Dans la cuisine, j'ai regardé par la fenêtre et les glaçons ont fondu dans mes mains. La glace m'a rappelé la fabrication du bonhomme de neige avec mon père. J'allais bientôt fêter mes huit ans et il n'était toujours pas rentré à la maison. Quand je suis retournée à table, Edward Charles William a eu l'air furieux à la vue des minuscules éclats de glace qui gouttaient dans mes mains brûlantes, mais Melissa m'a couverte.

"Mais, euh, p'pa pourquoi c'est si difficile de trouver de la glace qui ne fonde pas en trois secondes ? Et pourquoi ça fond, la glace, p'pa ?"

Si j'avais une question à poser à mon père, j'étais obligée de le faire dans ma tête. Quand Melissa disait : "Tu m'emmèneras pêcher ?" et que son père répondait : "Oui", je demandais à mon père s'il m'emmènerait pêcher, lui aussi. Sa réponse fantomatique était toujours : "La pêche, c'est dangereux. Tu risquerais de te planter l'hameçon dans le doigt !"

Ou bien je disais : "Papa, aujourd'hui, j'ai grimpé tout en haut de l'arbre", et il répondait : "Grimper aux arbres, c'est dangereux. Ne grimpe pas jusqu'en haut. Grimpe à mi-hauteur et ne regarde jamais en bas !"

Je supposais qu'Edward Charles William ne voulait pas que je vive avec eux à Durban, mais Marraine Dory m'a dit qu'il fallait que j'aie "un foyer stable" et que c'était "le moins qu'elle puisse faire" parce qu'elle et ma "pauvre pauvre" mère avaient été en pension ensemble et qu'elles s'étaient relayées pour faire le guet quand elles lisaient des livres à minuit avec une lampe torche sous les draps.

J'ai commencé à prêter l'oreille à la façon dont Edward Charles William parlait anglais, qui était la langue que nous parlions tous. Quand il voulait ses chaussettes, il hurlait sur une domestique pour qu'elle les lui apporte. Quand il voulait une serviette pour sa douche du soir, il hurlait de nouveau. Il ne disait pas les mots “chaussettes” ou “serviette”, il hurlait simplement le nom de la domestique. Le nom de cette personne signifiait “va me chercher mes chaussettes”, “va me chercher ma serviette”.

Quand ses chaussures avaient besoin d’être cirées, l’homme qui s’occupait du jardin les cirait pour lui. Edward Charles William l’appelait “boy” même si ce dernier avait quatre enfants, neuf petits-enfants et les cheveux gris. Il se prénommait Joseph et appelait Edward Charles William “Maître”. Edward Charles William parlait anglais à Joseph mais son ton était encore une autre langue. Pour commencer (et je ne savais jamais par où commencer), je devinais que le ton d’Edward Charles William s’amusait trop de quelque chose. Je devinais qu’Edward Charles William avait besoin d’être moins heureux. Cette pensée me faisait rire, et chaque fois que je riais je me sentais un peu plus heureuse, ce qui venait embrouiller cette idée nouvelle pour moi que le bonheur n’est pas toujours une bonne chose, mais je ne pouvais rien y faire.

Un dimanche, Joseph m’a donné la moitié de sa tourte arrosée de sauce à la viande alors qu’on était assis sur l’herbe à l’ombre parce que “Madame et le Maître” partaient toujours se promener en voiture le dimanche. Pour la première fois, j’ai remarqué qu’il lui manquait deux doigts à la main gauche. Quand j'ai demandé ce qui était arrivé à ses doigts, il a expliqué qu'il se les était pris dans une porte. Il m'a appris à compter jusqu'à deux en zoulou. Un se disait *Ukunye,* deux *Isibili.* Ou quelque chose de chantant comme ça. L'idée qu'il y ait une porte quelque part en Afrique du Sud avec les doigts de Joseph coincés dedans a commencé à me tourmenter. Plus tard, quand je lui ai dit que mon père était prisonnier politique, il m'a raconté qu'il avait eu les deux doigts arrachés par un berger allemand lors d'un raid de la police sur la maison de son frère à Jo'burg. Ils recherchaient Nelson Mandela. Quand je lui ai dit que ma mère et mon père connaissaient Winnie et Nelson Mandela (qui était en prison À VIE sur Robben Island), il m'a conseillée de ne jamais le mentionner à Madame ni au Maître – ni même à Billy Boy. De toute façon, a-t-il ajouté en essuyant les miettes de tourte et les taches de sauce avec son pouce et les deux autres doigts qui lui restaient, quel intérêt de garder un oiseau s'il ne pond pas d'œufs ? *Amaqanda*. C'était le mot zoulou pour œufs. Si l'oiseau bleu de Madame pondait un œuf bleu, on pourrait se faire une dînette.

Tous les soirs, on plaçait une couverture grise sur la cage de Billy Boy. Je savais que mon père dormait aussi sous une couverture grise parce qu'il l'avait dit à ma mère dans une lettre.

“Viens là, copinette, tu vas me faire flipper à toujours rester plantée devant la perruche de manman.” Melissa m’a entouré la taille de ses bras et m’a soulevée du tapis.

“Maintenant, répète après moi, JE PEUX PARLER FORT.

— Je peux parler fort.

— PLUS FORT.

— Je peux parler fort.

— CE N’EST PAS FORT. Je ne te repose pas tant que tu n’auras pas crié.”

J’ai tenté un petit cri. Il paraissait assez convaincant pour qu’elle me repose.

“Et sinon, je sais que tu n’es pas sincère quand tu souris. Fais-moi un sourire de toutes tes dents. Voilà, là, c’est bath. On va prendre le vaisseau spatial pour aller faire un tour en ville.”

Le vaisseau spatial était la toute nouvelle voiture de Marraine Dory. Elle était devenue si grosse qu’elle ne rentrait plus dans l’ancienne. Parfois, la nuit, je la voyais dans la cuisine qui portait des poignées de viande hachée et de pommes de terre à ses petites lèvres en arc de Cupidon. Le vaisseau spatial était argenté et brillant, avec des sièges en cuir d’un blanc crème immaculé. Mais que se passerait-il si les pneus de la nouvelle voiture explosaient, que Marraine Dory avait un accident et que personne n’arrivait à la soulever pour l’emmener à l’hôpital ?

“Pourquoi elle est grosse comme ça, ta maman ?”

Melissa s'est jetée sur moi et m'a écrabouillé le gros orteil. Puis elle m'a donné un coup de poing dans l'épaule.

"Ne sois pas si grossière, bêtasse. Manman est prisonnière de son corps. Elle ne peut pas en sortir.

— Pourquoi ?

— Elle est morte mais elle est revenue sous la forme d'un zombie.

— Non !

— Tu savais que Jésus aussi était un zombie ? Il est mort et il est revenu à la vie."

Melissa a agité les clés de la voiture sous mon nez.

"Dis pardon et je t'achèterai un *bunny chow*.

— C'est quoi un *bunny chow* ?

— C'est rudement bath. Mais ne dis à personne où je t'emmène. Surtout pas à p'pa. OK ?

— OK.

— C'est bien, je t'ai très bien entendue. Les filles doivent parler haut puisque personne ne les écoute de toute façon."

Si Melissa avait une vie secrète, je n'en attendais pas moins d'une personne en plastique. Les gens en plastique avaient des choses à cacher et, dans son cas, Melissa cachait qu'elle connaissait une bonne adresse de restaurant dans le centre-ville, où vivait son petit ami indien. L'adresse en question était un café situé dans une allée envahie de mouches et de détritus. De vieux os s'entassaient dans le caniveau sous une pile d'épluchures de pommes de terre et de carottes en train de pourrir. Quand nous sommes entrées dans le café, un Indien qui lisait le journal à la caisse a levé les yeux et crié : "Hey, Lissa ! C'est l'heure du *bunny* ?" Il mâchouillait quelque chose qui lui avait teint la langue en orange. Quand l'homme a crié "Lissa !", les familles indiennes dévorant des assiettes de curry avec les doigts ont toutes levé les yeux avant de les baisser aussitôt. J'ai deviné que c'était parce que nous étions blanches et que nous n'étions pas censées être là.

"Merci, Victor. Et un *bunny* supplémentaire pour copinette. Elle vient de Jo'burg."

Melissa m'a attirée vers une des tables et a dit : "Assis." J'étais furieuse qu'elle se soit adressée à moi comme à un chien désobéissant. Pas de doute, elle avait en partie hérité du ton de son père. Melissa avait attrapé le ton du "Maître" ; elle avait besoin d'une aspirine pour s'en débarrasser. J'ai commencé à éternuer. Victor a apporté une canette de Fanta et l'a ouverte pour moi pendant que je continuais d'éternuer.

"Alors comme ça, tu viens de Jo'burg ?

— Oui.

— Est-ce qu'Ajay est là, aujourd'hui ?" l'a interrompu Melissa sur son nouveau ton.

Victor a pointé l'index, orange lui aussi, vers quelqu'un. Un jeune homme indien venait d'entrer dans le café. Il portait un costume gris brillant, des chaussures en peau de serpent, et il a souri en voyant Melissa.

"Je vous apporte vos *bunnies*." Victor a traversé la salle, foulant la sciure qui jonchait le sol et donnant un coup de pied dans un paquet de cigarettes vide sous une table.

Un *bunny chow* était en fait un curry de viande servi dans une demi-miche de pain blanc évidée. Je l'ai mangé avec une cuiller à soupe et j'ai regardé Melissa flirter avec le fils de Victor. Ajay haussait les épaules, disait quelque chose au sujet de "mardi prochain" pendant que Melissa roulait ses yeux peints. Ajay lui a allumé une cigarette avant d'allumer la sienne, puis ils ont fait des ronds de fumée. Il n'y avait rien de plus beau au monde que ces ronds. Quelques fois, ils flottaient l'un vers l'autre et se dissipaient juste avant de se toucher. L'air embaumait le riz. Et les épices. Les ronds de fumée, le riz, les épices, l'espace entre Ajay avec ses chaussures en serpent et Melissa dont les cils étaient noircis de mascara, et la façon dont le petit doigt de Melissa touchait la manchette de chemise d'Ajay me donnaient l'impression que ça pouvait être ça, la vie, quand tout allait bien.

Mais Victor est revenu s'asseoir à notre table et a ruiné l'ambiance en se mettant à parler politique. Melissa lui a dit que mon père était en prison à cause de l'apartheid.

Victor m'a raconté que son grand-père était venu d'Inde pour travailler dans les champs de canne à sucre dans le Natal. Il a dit que chaque fois que je saupoudrais mon pamplemousse d'une cuiller à café de sucre qui allait ensuite me pourrrrrir les dents, je devais me souvenir que c'était son grand-père qui plantait l'or blanc d'Afrique du Sud – et je devais dire à mon père qu'il y aurait toujours un *bunny chow* pour lui dans l'"établissement" de Victor. J'ai acquiescé et fait semblant d'être intéressée, mais je regardais surtout Melissa qui tenait la main d'Ajay sous la table. Si c'était de l'amour, c'était un amour interdit. Même moi, je le savais. Tout le monde dans le café le savait. La politique avait réussi à se frayer un chemin jusque dans les pamplemousses et le fait de se tenir par la main. J'en avais marre de la politique et j'étais pressée d'avoir l'âge où je pourrais allumer une cigarette, faire des ronds de fumée dans l'air qui sentait le riz et passer le petit doigt sous la manchette de chemise d'un homme séduisant.

Quand on est arrivées au parking, Melissa a retiré ses sandales et m'a demandé de les lui tenir pendant qu'elle cherchait les clés de la voiture. Elle conduisait toujours pieds nus, c'était sa "spécialité" ; ses petits amis serraient ses chaussures contre leur poitrine tandis qu'elle appuyait sur le champignon et chantait les tubes des Shangri-Las.

"Oh quelle poisse – je crois que je les ai laissées chez Victor !" Alors qu'elle continuait désespérément de fouiller dans son sac, j'ai regardé la voiture garée à côté du vaisseau spatial. Une fille de mon âge était assise à l'arrière et tenait quelque chose sur ses genoux. Elle remuait les lèvres comme si elle parlait à quelqu'un, sauf qu'il n'y avait personne.

"Regarde, elle parle toute seule."

Melissa, toujours pieds nus, s'est avancée sur le béton huileux et a jeté un coup d'œil à l'intérieur de la Bentley.

"Tu sais quoi ?

— Quoi ?

— Elle parle à un lapin !

— Un *bunny chow* ?

— Non. À un VRAI lapin."

Elle avait raison. La petite fille avait un lapin blanc sur les genoux. J'apercevais les oreilles qui dépassaient et lui chatouillaient le menton. Au même moment, un homme et une femme se sont dirigés vers la voiture, l'homme tapotant les clés contre sa hanche. Dès qu'il a ouvert la portière, les lèvres de la petite fille ont cessé de remuer. La femme nous a vues et a ri sans le vouloir.

"On vient d'emmener son lapin chez le vétérinaire. Il a l'œil chassieux."

Son mari a pris une voix haut perchée comme celle de son épouse et a répété ce qu'elle venait juste de dire.

“IL A L’ŒIL CHASSIEUX ! IL A L’ŒIL CHASSIEUX !”

Le rouge est monté aux joues de sa femme et il a recommencé.

On n’aurait pas du tout dit son épouse. Je me suis demandé qui il croyait imiter. Cette voix aiguë qui jaillissait de lui n’évoquait ni ma mère, ni Maria, ni Melissa, ni moi, ni même la femme qu’elle était censée singer. C’était ça, l’indice. Il ne faisait penser qu’à lui-même.

“LES VOILÀ !” Les clés de voiture de Melissa s’étaient glissées dans le manuel de sténo qu’elle gardait toujours sur elle.

“J’ESPÈRE QUE TON PETIT LAPIN VA GUÉRIR !”, a-t-elle hurlé à la gamine. Elle a appuyé sur l’accélérateur et a sorti le vaisseau spatial de son emplacement.

“À ton avis, elle lui racontait quoi, à son lapin ?

— *Ja*. Eh bien. C’est son secret.

— Pourquoi c’est un secret ?”

Melissa a haussé les épaules, ses yeux peints fixés sur la route pendant qu’elle tournait à droite pour s’engager sur un autopont en béton. Le tonnerre s’est mis à gronder.

Des enfants africains nus faisaient la manche aux feux, la main tendue, paume ouverte.

“C’était quoi, le secret qu’elle racontait à son lapin ?”

La pluie chaude a fouetté les vitres de la voiture.

"Elle lui demandait : Pourquoi est-ce que papa et maman ne s'aiment plus ?"

IV

Je savais que sourire agissait comme ces amulettes que certaines filles portaient en bracelet. Des petits lutins et des cœurs qui se balançaient sur leurs poignets bronzés pour leur porter chance et chasser le mauvais œil. Sourire était une façon d'éloigner les gens de vos pensées même si vous les ouvriez aux autres dès que vous ouvriez la bouche. C'est ainsi que j'ai souri quand Marraine Dory m'a dit qu'elle allait m'envoyer à l'école religieuse du coin. Elle me l'a annoncé en brandissant une petite paire de ciseaux pour tailler les ailes de Billy Boy.

"Les plumes doivent être brillantes et gonflées." Son doigt boudiné tapotait la poitrine de Billy Boy. "C'est le bréchet. Il ressort un peu trop. Je crois que Billy Boy est trop maigre. Je lui donnerai plus de graines que d'habitude ce soir.

— C'est quoi l'école religieuse ?

— C'est une école où les institutrices sont des nonnes.

— C'est quoi une nonne ?

— Une nonne est une femme qui a épousé Jésus-Christ.

— Oh. L'hôtesse de l'avion pour Durbs allait se marier. Elle m'a montré sa bague.

— Mais elle n'a pas épousé Jésus-Christ. Elle a sans doute épousé un Henk van de Plais ou quelque chose de ce genre. Ça n'a absolument rien à voir."

Son visage était aussi pâle que celui d'un zombie.

"Une perruche alerte et joueuse est le signe d'une perruche en bonne santé. Billy Boy est moins gai que d'ordinaire."

Quand elle a eu fini de mettre de l'ordre dans les plumes de Billy Boy, elle l'a réinstallé dans sa cage. J'ai observé comment fonctionnait la petite clenche de la porte pour pouvoir sortir Billy Boy de là.

"L'école s'appelle Sainte-Anne et les nonnes sont de très bonnes enseignantes. S'il te plaît, éloigne le chat et son ténia de la cage de Billy Boy."

J'ai soulevé le chat et réchauffé mes mains dans son pelage roux. Je savais qu'il n'avait pas de ténia. Peut-être que Marraine Dory avait un ténia à l'intérieur d'elle ? J'en voulais pour preuve qu'elle avait tout le temps faim, donc quelque chose la mangeait de l'intérieur. Le chat avait pris l'habitude de dormir dans ma chambre. Melissa a menacé de lui couper l'oreille s'il ne retournait pas sur son édredon de satin rose, mais il avait manifestement décidé de prendre le risque. Ginger était à

Moi. Melissa avait détesté ses années passées à l'école religieuse. Depuis qu'elle suivait sa formation de secrétaire, buvait des rock shandies et retrouvait sa copine de Pietermaritzburg au Three Monkeys ou au Wimpy Burger Bar, elle ne priait plus.

"Tu ne veux pas que les filles du couvent te prennent pour une tarée, si ?

— Non.

— Alors tu dois parler fort. Et je vais te dire un truc : tu seras la seule fille de l'école avec un nom juif. Si tu te perds dans les cloîtres, suis ton instinct."

Melissa a ri jusqu'à ce que son mascara lui dégouline sur le visage et je l'ai imitée parce que j'étais sa copinette.

Sainte-Anne était une école de province pour filles catholiques, blanches et nanties. Entre les cloîtres se dressait une petite statue voûtée de la Madone à l'enfant, la mère triste avec son bébé dans les bras. Dans les rues de Durban, la plupart des mères africaines portaient leur bébé dans le dos, mais si elles s'occupaient de bébés blancs, elles les promenaient dans un landau. La Madone avait-elle une domestique pour porter son bébé ? Je me demandais si je manquais à ma mère. Je l'espérais. J'étais peut-être une sainte orpheline envoyée par Dieu pour que les nonnes prennent soin d'elle. Je me suis appuyée contre la pierre d'un pilier et j'ai contemplé une statue en plâtre de Jésus-Christ aux mains percées. Cela m'a renvoyée à Piet dans mon école de Johannesburg. Son stigmate iodé avait-il fini par disparaître ?

Les nonnes semblaient vouloir vouer leur existence à m'aider dans l'apprentissage de la lecture et de l'écriture. Chaque jour, elles s'agenouillaient à côté de moi en classe, formant doucement des A, des B et des C en pâte à modeler entre leurs mains douces et blanches. Quand elles me demandaient de nommer les lettres, je baissais la tête comme il se devait pour une sainte orpheline et je murmurais : "A comme abeille, B comme bélier, C comme canard", tandis qu'elles acquiesçaient, pleines d'encouragement. Je me disais qu'il serait malpoli de leur expliquer que j'avais appris à lire et à écrire deux ans plus tôt. En fait, je comprenais tous les panneaux le long du Golden Mile sans l'aide de pâte à modeler.

VILLE DE DURBAN
CET ESPACE DE BAIGNADE EST
STRICTEMENT RÉSERVÉ
AUX MEMBRES DE LA RACE BLANCHE

Sœur Joan m'a expliqué que son rosaire se composait de sections de dix grains, appelées *decades* en anglais. Est-ce que *decade* ne veut pas aussi dire décennie ? Et si mon père ne revenait pas avant une décennie ? Et si je nageais dans l'espace de baignade réservé aux membres de la race blanche pendant des décennies et ne revoyais jamais mon père ? Je me retrouverais seule avec la race blanche qui n'était pas normale. Je me retrouverais totalement seule avec elle et à sa merci comme les surfeurs à la merci des Grands Requins Blancs qui se débrouillaient pour passer à travers les filets dans cet océan subtropical.

La nonne la plus âgée m'a passé un M.

“M comme Melissa, ai-je murmuré consciencieusement.

— Oui, et comment va Melissa ?”

Sister Joan modelait à présent un N dont je savais qu'il venait après le M. Je le savais plus ou moins depuis l'âge de quatre ans.

“Elle est à l'école de secrétariat.

— Et elle a de bons résultats ?

— Elle apprend le système Pitman.”

Je n'ai pas dit à Sœur Joan que Melissa (qui prend deux S mais nous n'en sommes pour l'instant qu'à la lettre N) avait été privée de voiture pendant un mois. C'était parce qu'elle avait emprunté le vaisseau spatial sans permission et avait emmené Ajay voir son oncle. La nuit précédente, quand Edward Charles William s'était aperçu de l'absence du véhicule à une heure et quart du matin, il avait demandé à Marraine Dory de me réveiller. Edward Charles William a approché son visage si près du mien qu'il m'a écrasé le nez.

“Est-ce que tu sais où est Bouboule ?”

J'ai secoué la tête et me suis concentrée sur l'œil de verre.

"Est-ce qu'elle fréquente un garçon ?

— Non.

— Un Indien ?

— Non.

— MA SATANÉE FILLE AIME LES BAMBOULAS !!! T'ES VRAIMENT TOMBÉE DANS LA BONNE MAISON, HEIN !

— Arrête, a couiné Marraine Dory sur un ton plus ou moins suppliant. Laisse-la petite tranquille. Qu'est-ce que je vais dire à sa pauvre mère ?"

Pendant ce temps, Ginger dormait sur le canapé, ses pattes toutes douces croisées l'une sur l'autre.

Quand Edward Charles William a mis la main sur son œil de verre, j'ai eu une peur bleue qu'il tombe. Une phrase s'est formée dans ma tête. Elle ressemblait au panneau de la plage :

L'USAGE DE CET ŒIL DE VERRE EST
STRICTEMENT RÉSERVÉ
AUX MEMBRES DE LA RACE BLANCHE

Edward Charles William m'a dit qu'il allait appeler la police pour qu'ils retrouvent Melissa. La police. La même qui avait emmené mon père ? Quand le vaisseau spatial s'est engagé dans l'allée de la maison, Melissa a salué d'un coup de klaxon la voiture de police arrivée en même temps qu'elle, a baissé sa vitre et agité la main comme si elle était en vacances.

"Salut ! Je n'ai pas volé le vaisseau spatial de ma mère, promis. J'ai été enlevée." Les agents ont ri, mais Melissa a piqué une crise après leur départ. Elle a traité son père de "putain de nazi" et m'a dit que maintenant qu'elle ne pouvait plus avoir la voiture, c'était difficile de trouver un endroit où voir Ajay. L'Afrique du Sud était pourrie, Ginger était pourri, Rory était pourri et j'étais complètement chtarbée.

"Tu veux toujours devenir une poupée comme ton atroce petite Barbie ?

— Oui.

— Comment est-ce que tu peux être en même temps une poupée et une sainte ? Tu sais que sainte Lucie s'est arraché les yeux ? Mais elle arrivait encore à voir des trucs parce que tant qu'on n'est pas mort on peut pas s'empêcher de voir des trucs. Je préfère mourir plutôt que de ne plus revoir Ajay."

Sœur Joan souriait à cet instant à Sœur Elizabeth, qui ne l'a pas remarqué parce qu'elle était occupée à faire un O. J'ai pieusement acquiescé et imité son sourire, qui était un demi-sourire, comme si elle avait décidé qu'en afficher un entier serait exagéré. Elle m'a tendu le O. Il me rappelait les ronds de fumée amoureux de Melissa et Ajay, mais j'ai dit assez fort : "O comme orange. Il y a un O dans sœur et dans hosanna.

— Oui, c'est bien. Est-ce que tu te sens épanouie chez ta marraine ?"

Épanouie ? J'ai regardé mes horribles chaussures noires réglementaires. Épanouie ? Avec un seul P. J'imaginais déjà Sœur Elizabeth en train de rouler la lettre P. Peut-être que les nonnes s'épanouissaient en jouant avec de la pâte à modeler ? Peut-être qu'elles devraient y consacrer leurs journées et pendant ce temps je pourrais lire un livre ? Savaient-elles qu'en fait je lisais des livres, beaucoup de livres, et d'un bout à l'autre, en plus ? Me croyaient-elles idiote ? Me sentais-je épanouie ?

Peu après, Sœur Joan m'a prise par sa sainte main et m'a demandé si je croyais en Dieu.

L'image que j'avais de Dieu était liée au bonhomme de neige que j'avais fabriqué avec mon père. Le bonhomme de neige était Dieu. Il était froid et mort, mais je pensais à lui tout le temps. En guise de réponse, j'ai ouvert ma sacoche et lui ai montré une lettre que mon père avait envoyée à Durban. J'ai eu l'idée de la lui lire tout haut pour que nous arrêtions de faire de la pâte à modeler.

Ma chérie,

Je suis content de savoir que les nonnes sont gentilles. N'oublie pas de dire ce que tu penses à voix haute et pas juste dans ta tête.

Des bisous jusqu'au ciel,

Ton papa qui t'aime très fort

Sœur Joan a serré ma main dans la sienne.

“Quand ton père dit de dire ce que tu penses à voix haute, cela signifie que tu dois parler plus fort.

— Parler plus fort à Dieu ?”

J’ai attendu qu’elle confirme, mais elle a gardé le silence. C’était la première fois que je comprenais l’expression “lire entre les lignes”.

V

On m’avait conseillé de dire ce que je pensais à voix haute plutôt que dans ma tête, mais j’ai décidé de le faire par écrit. Il était cinq heures du matin et j’entendais Rory aboyer sur les grenouilles dans la mare. J’ai trouvé un stylo et j’ai essayé de mettre des mots sur mes pensées. En gros, ce qui a jailli sur la page en sortant du stylo rassemblait tout ce que je ne voulais pas savoir.

Papa a disparu.
Thandiwe a pleuré dans le bain.
Piet a un trou dans la tête.
Un chien a arraché les doigts de Joseph.
M. Sinclair m’a frappée sur les jambes.
Les melons ont poussé pendant mon absence.
Maria et maman sont loin.
Sœur Joan ne croit peut-être pas en Dieu.
Billy Boy en cage.

Billy Boy était ma principale préoccupation. J'ai posé le stylo puis j'ai ouvert la porte de ma chambre. Je devais prendre garde à ne pas faire de bruit pour éviter qu'Edward Charles William me confonde avec un cambrioleur et mette à exécution la menace brandie par le panneau devant la maison :

RIPOSTE ARMÉE

Si je faisais ce qui était suggéré “entre les lignes” de ma liste, à savoir libérer Billy Boy, alors il se pouvait qu'Edward Charles William fasse ce qui était suggéré “entre les lignes” de sa RIPOSTE ARMÉE. Les mots étaient-ils de simples menaces ou fallait-il les prendre au sérieux ? Ou l'épée était-elle plus dangereuse que la plume ? Mais de toute façon, quel intérêt y a-t-il à mettre des choses par écrit ? Quel était l'intérêt d'écrire ACHETER PLUS DE PINKIES si au final on n'en faisait rien parce que l'écrire avait remplacé le désir même de les acheter ?

Je suis entrée dans la salle à manger en catimini. Sur la table époussetée étaient posés quatre bols, quatre cuillers en argent, quatre tasses, un porte-toasts vide et quatre assiettes en porcelaine. Boucle d'or serait-elle entrée par effraction dans la maison des ours si elle avait lu RIPOSTE ARMÉE sur un panneau accroché au portail ?

J'ai longé la table à toute vitesse et passé la porte qui menait au salon où Billy Boy vivait dans sa cage. Avant toute chose, j'ai ouvert la fenêtre qui donnait sur le jardin. Puis j'ai soulevé la couverture grise de la cage. Billy Boy a ouvert ses petits yeux marron. Ils étaient de la même couleur que ceux de mon père. J'ai compté ses orteils. Les huit étaient bien là, donc pas de parasites. Puis j'ai écouté sa respiration pour m'assurer qu'il n'y ait pas de cliquetis. Enfin, j'ai examiné son bec pour vérifier que les narines n'étaient pas bouchées. J'ai actionné la clenche qui ouvrait la cage.

Billy Boy a déployé ses ailes. Puis les a repliées contre son petit corps bleu. Il a levé une patte, fait une pause, et l'a reposée sur son perchoir. Les oiseaux partout chantaient. Il me semblait que, partout dans le Natal, les oiseaux émettaient des trilles aux premières lueurs du jour, encourageant l'oiseau bleu à gagner la liberté et à les rejoindre.

Si j'avais déversé toutes les angoisses de mon enfance dans la minuscule carcasse de Billy Boy, il avait beaucoup à porter. Il était très lourd. Je lui avais donné une âme, mais il semblait s'en moquer. J'avais imaginé toutes sortes de choses pour Billy Boy, lui avais soufflé mes désirs les plus secrets. Je lui avais donné une autre vie à vivre, mais il ne voulait pas être libre. Il était censé être un oiseau, une machine volante, mais il semblait préférer sa cage à sa liberté. Tout ce que j'avais imaginé pour Billy Boy était mort. Je ne savais pas quoi faire. Trahie et désespérée, je me suis éloignée de l'oiseau qui voulait passer sa vie derrière des barreaux.

Il est arrivé quelque chose. Un froissement d'ailes. La tasse en argent sur le manteau de la cheminée renversée. Un petit point bleu. Un cercle bleu. L'odeur de petit pois provenant du jardin. Billy Boy a filé par la fenêtre à l'instant où le chat roux arrivait dans le salon, la queue dressée.

Au petit déjeuner, je me suis assise à table avec ma nouvelle famille et me suis comportée comme si tout était normal. Cela faisait un moment que je me comportais comme si tout était "normal" et j'avais développé un certain talent pour ça. Edward Charles William croquait dans sa tartine grillée couverte de marmelade anglaise et Marraine Dory se servait à boire avec la théière qui était plus petite que sa poitrine. Ce jour-là, Melissa passait son examen de secrétaire et avait rehaussé sa choucroute de sept centimètres pour se porter chance.

Elle révisait son manuel de sténo en sirotant un verre de *cream soda* dont elle disait qu'il lui donnerait de l'énergie pour l'examen. Billy Boy dormait probablement sur une feuille en haut d'un arbre, baigné par le soleil du matin.

Il était libre. Billy Boy était libre.

Je mettais mes chaussures réglementaires de l'école quand j'ai finalement entendu Marraine Dory crier. J'ai passé plus de temps que d'habitude sur le troisième trou de la lanière, le testant à plusieurs reprises avant de décider que le deuxième était plus confortable et de recommencer toute l'opération. Le temps que je m'avance vers Marraine Dory, elle agitait ses petites mains en l'air et lançait des BILLY BOY à la chaîne. Elle voulait savoir certaines choses. Comment se faisait-il que la porte de la cage soit grande ouverte ? Comment une perruche pouvait-elle ouvrir sa propre cage ? Melissa, qui était en retard pour son examen, a couru chercher des mouchoirs à sa mère tout en essayant d'enfiler son gilet blanc.

"Ne lui crie pas dessus.

— Mais ma petite perruche ne va pas survivre. Elle est probablement morte.

— Faut la comprendre, manman."

Melissa cherchait son calepin où elle avait pris toutes ses notes en sténo.

"Qu'est-ce que je dois comprendre ?

— Elle pense que la perruche est son papa.

— Comment est-ce que Billy Boy peut être autre chose qu'une perruche ?"

Si la question travaillait l'humanité depuis qu'elle avait cherché à représenter des animaux sur les parois des grottes avec des pigments minéraux, elle n'avait encore jamais traversé l'esprit de Marraine Dory. Quand Melissa m'a surprise à écouter à l'extérieur du salon, elle m'a attrapée par la cravate de mon uniforme et m'a attirée vers son visage maquillé.

"T'ES CONNE OU QUOI ? Pourquoi t'as laissé sortir l'oiseau de manman ?"

Elle a filé avant que je puisse répondre, j'ai entendu le moteur du vaisseau spatial démarrer et les pneus crisser sur l'allée. Edward Charles William avait manifestement décidé d'autoriser Melissa à s'envoler dans le vaisseau spatial pour son examen. Je suis allée dans le jardin. Joseph toussait dans sa remise. C'est là qu'il prenait son petit déjeuner tous les matins, un porridge épais appelé *mealie meal* que la bonne, Caroline, dont l'autre nom était Nkosiphendule, lui préparait dans un bol en fer-blanc. Je n'avais toujours pas réussi à boucler mes chaussures. Comme je les perdais, je me suis penchée pour faire une nouvelle tentative. C'était si difficile de coincer la petite tige argentée dans le trou. Au bout d'un moment, Joseph a ouvert la porte de sa remise et m'a dit d'entrer. Ma chaussure était toujours à moitié fermée, ce qui m'obligeait à traîner des pieds plutôt qu'à marcher. La remise sentait le moisi et la paraffine. Joseph dormait sur un matelas au sol. Deux couvertures vertes bien pliées étaient posées sur une chaise. Sa veste était suspendue à un crochet dans le coin.

"Madame m'a dit que tu avais perdu sa perruche."

Madame était Marraine Dory. Maître était Edward Charles William. Parfois, Joseph l'appelait Baas, en plus de Maître. Maître, Baas et Madame étaient la race blanche et ils mangeaient du hareng fumé et de la marmelade au petit déjeuner comme le Roi et la Reine d'Ingerland.

"Regarde", a dit Joseph en désignant une caisse en bois qu'il avait retournée pour faire une table. Son bol était posé dessus. Billy Boy sautillait sur le bord du bol, picorant le porridge à l'intérieur.

"Je l'ai trouvé sur le toit et lui ai offert un abri, a dit Joseph en riant. Mais il n'a pas encore pondu d'œuf bleu donc on ne pourra pas partager de dînette. Je vais mettre un couvercle sur le bol et tu vas le rapporter à Madame."

Quand je suis revenue dans la maison avec Billy Boy, Madame était allongée sur le canapé et lisait un livre appelé *L'amour est un mot qu'on murmure*. La bonne qui faisait comme si elle s'appelait Caroline pour que Madame puisse prononcer son nom a déposé un plateau avec une théière et deux biscuits à la confiture de framboise disposés sur une soucoupe. Les doigts dodus de Madame se sont agités au-dessus du plateau et ont attrapé l'un des biscuits. Je l'ai entendue mordre dedans et le concasser de ses dents pareilles à de la porcelaine. Au même instant, Billy Boy a gazouillé. Madame s'est redressée et a poussé un vagissement.

Elle avait de la confiture barbouillée partout sur ses petites lèvres et je voyais les miettes du biscuit sur sa langue. Après avoir enfermé Billy Boy dans sa cage, elle est passée devant moi et s'est dirigée vers le téléphone sans un mot. Je l'ai entendue demander d'une voix forte et royale qu'on lui passe la compagnie South African Airlines.

Cet après-midi-là, alors que j'étais assise sur un banc des cloîtres à regarder les nonnes frapper les mains des filles punies pour divers délits, je savais que quelque chose allait changer dans ma vie. J'ai observé la chorégraphie du péché et de la punition qui se jouait devant moi parce que, quel qu'allait être ce changement, il m'emmènerait ailleurs. La petite pécheresse tendait la main, paume tournée vers le haut, vers les cieux. La nonne a sorti une règle d'un mètre et lui a donné un ou deux, non, trois coups. Sœur Joan était occupée à réduire en bouillie la main d'une autre petite pécheresse prénommée Laverne quand j'ai vu Marraine Dory traverser les cloîtres en se dandinant. La veille, Laverne m'avait montré une marque rouge dans son cou, là où son petit ami avait laissé un suçon dont elle m'a dit que c'était une morsure d'amour. Oui, il l'avait vraiment mordue par amour. Sœur Joan parlait à ma marraine et m'a fait signe d'approcher. Maintenant qu'elle savait que j'avais relâché Billy Boy, elle allait me purifier la main en la frappant.

"Approche."

À mon plus grand étonnement, au lieu de me punir, Sœur Joan s'est baissée et a fermé la boucle de ma chaussure. Elle m'enseignait le français, ce qui était la chose la plus distinguée qui me soit jamais arrivée. Elle m'avait parlé des visions de Jeanne d'Arc, m'avait appris à dire "chaussure" en français. Elle m'a demandé quel était le mot. Quand j'ai répondu *"chaussure** [01]", elle s'est redressée et a mis sa paume bien propre sur mon front.

"Ta marraine m'a expliqué que tu avais le mal du pays et qu'elle allait donc te renvoyer chez ta mère. C'est ton dernier jour à l'école."

Tandis que mes larmes coulaient sur le voile sacré de Sœur Joan, j'ai pensé à la façon dont elle avait rasé ses cheveux, qu'elle qualifiait de mauvaises herbes de l'ignorance. Elle m'avait dit d'exprimer mes pensées à voix haute, mais j'avais préféré les mettre par écrit. Parfois je les lui montrais et elle prenait toujours le temps de tout lire. Elle m'a dit que j'aurais dû la prévenir que je savais lire et écrire. Pourquoi n'avais-je rien dit ? J'ai répondu que je ne savais pas, et elle a ajouté que je ne devrais pas avoir peur des choses "transcendantales" que sont l'écriture et la lecture. Elle tenait là quelque chose parce qu'une partie de moi avait peur de

01 — Les mots et expressions en italiques suivis d'un astérisque sont en français dans le texte original.

l'écriture. Transcendantal signifiait "au-delà", et si je pouvais écrire "au-delà", même si je ne savais pas de quoi, alors je pouvais m'échapper vers un ailleurs meilleur que l'endroit où je me trouvais. J'étais mordue d'amour pour Sœur Joan. Elle m'avait dit que la foi n'était pas un roc. Un jour Dieu était là, le lendemain il avait disparu. Si c'était vrai, j'avais vraiment de la peine pour elle les jours où elle perdait Dieu. Après avoir cherché mes mots, je lui ai dit : *"Au revoir, Sœur Jeanne*"* en français, et je me suis aperçue qu'elle avait le même prénom que Jeanne d'Arc. Sans que je sache trop pourquoi, cela m'a fait pleurer encore plus. Ma marraine, qui ne comprenait rien à ce qui se passait, a soudain ouvert son sac et en a sorti un bout de papier.

"Melissa m'a dit de te donner ça."

C'était un petit mot écrit avec le système Pitman.

"Au revoir, ma cinglée de copinette."

VI

Plus que deux jours ! Papa rentre à la maison !

J'avais désormais neuf ans, et Sam cinq. La dernière fois qu'il avait vu papa, il avait un an. Au petit déjeuner nous avons mangé des tartines grillées saupoudrées de cannelle et de sucre, et nous avons répété tout haut ce que nous allions dire à notre père quand il passerait la porte.

"Bonjour. Est-ce que tu veux que je te montre où est la salle de bains ?"

"Bonjour ! Je t'ai dessiné une fusée."

"Bonjour ! Je chausse du 35 maintenant."

Entre-temps, maman était sortie acheter des vêtements pour notre père à son retour. J'ai senti ma poitrine se serrer quand elle a posé avec précaution les vêtements par terre et nous a appelés pour qu'on vienne voir. Là, sur le kilim, se trouvaient un pantalon d'homme, d'élégantes chaussures, des chaussettes, deux chemises et trois cravates aux couleurs vives. Sam et moi avons caressé le coton des chemises, appuyé le pouce sur le bout des chaussures de cuir, ajusté la position des chaussettes. Oui, c'était le genre de choses que les pères portaient. Nous avons longuement discuté des plats que nous servirions à notre père pour son premier repas et maman nous a conseillé de ne pas être trop timides et d'être juste nous-mêmes. Nous avons acquiescé gravement et sommes sortis nous entraîner à être nous-mêmes.

Au parc, Sam a ramassé une poignée de mégots dans l'herbe. Il les a gardés dans sa poche jusqu'à ce qu'il rentre à la maison et les mette dans un petit bocal. Sam était persuadé que tous les papas aimaient fumer des mégots. Maria a enfilé sa plus belle robe, celle qu'elle portait quand elle rentrait chez elle où ses enfants vivaient. Mais avant de mettre ses chaussures, elle s'est assise et m'a demandé de passer de la Vaseline sur la peau sèche de ses talons.

"Est-ce que tu sais ce qu'ils ont trouvé à Zoo Lake ?

— Quoi ?

— Une tête. Mets de la Vaseline sur cette jambe aussi.

— Une tête d'enfant ?

— Non. Une tête d'homme.

— Est-ce que c'est papa ?

— Non. Ton père va rentrer à la maison."

Je savais que mon père arriverait avec maman dans une voiture de la prison centrale de Pretoria. Mais je n'étais plus trop sûre de savoir à quoi il ressemblait. Pour m'assurer de le reconnaître, j'ai pris sur mes genoux la photo en noir et blanc que ma mère gardait près du téléphone, dans le couloir sombre. La photo qui avait désormais presque cinq ans représentait le père qui m'envoyait son amour dans des lettres et des messages. Des bisous grands comme ça, ♥♥♥♥, dessinés au stylo sur un bloc-notes de la prison. Sam et moi nous sommes perchés au sommet des deux poteaux de la clôture devant la maison, moi avec la photo sur les genoux à laquelle je jetais un coup d'œil de temps en temps pour bien me souvenir. Les poteaux faisaient un mètre quatre-vingts de haut et donnaient directement sur la route. Chaque fois qu'une voiture passait devant la maison nous agitions la main. Nos mains avaient été frottées avec un pain tout neuf de savon Lux.

Je ne sais pas pourquoi j'ai cru que mon père allait rentrer à la maison dans une voiture blanche. Dans la même voiture que celle qui l'avait emmené. De sorte que toutes les voitures blanches me faisaient battre le cœur plus vite sous les marguerites blanches cousues de ma robe. La crainte de ne jamais voir mon père arriver ralentissait tout. Les nuages se déplaçaient lentement à travers le ciel. Les gens marchaient lentement sur le trottoir. Les chiens aboyaient lentement.

Une petite voiture rouge a tourné à gauche au terrain de golf et a fait une embardée dans notre rue. Mes orteils se sont crispés dans mes chaussures en cuir verni et j'ai attendu. La portière s'est ouverte, un homme a jailli du véhicule et a couru vers nous. Il n'a même pas attendu que la voiture s'arrête. Nous savions qui c'était et je ne me suis pas donné la peine de regarder la photo sur mes genoux. Il nous a fallu un moment pour descendre de ces grands poteaux. Papa patientait, mais nous n'arrivions pas à descendre. Nous nous aidions de nos bras et de nos jambes pour tenter de nous laisser glisser et puis, finalement, l'homme qui était notre père nous a attrapé les jambes et nous a pris dans ses bras. Il portait la chemise que nous avions admirée quand maman l'avait dépliée dans le salon.

Papa nous a serrés dans ses bras et nous ne savions pas quoi dire. Puis il nous a de nouveau serrés dans ses bras et nous a reposés par terre où la mousse poussait dans les fissures. Nous avons franchi le portail et sommes entrés dans la cuisine. Quand Maria l'a vu, elle l'a serré contre elle et j'ai entendu mon père dire "Thandiwe". Maman a rempli trois verres de vin, un pour papa, un pour Maria et un pour elle. Ils ont levé leur verre et nous avons tous regardé papa. Il a bu une petite gorgée, fait une pause, reposé le verre.

"Je n'ai pas vu de verre depuis cinq ans."

Mon père était mince et pâle. Il s'est assis à table et a de nouveau siroté son vin. Puis il a pris une assiette et a passé son doigt dessus. "J'ai oublié la texture de la porcelaine. Je vais devoir réapprendre à tenir une tasse et à manier une fourchette."

Papa a reposé l'assiette en porcelaine qu'il venait de passer cinq minutes à examiner et s'est levé.

"Où est le jardin ?" Il a penché la tête d'un côté et m'a souri. "Je veux voir le bonhomme de neige."

Il n'y avait pas de bonhomme de neige dans le jardin. Sam a enveloppé les extrémités de la nouvelle nappe blanche autour de son petit poignet et a regardé par terre. Maman a essayé de faire partir une mouche de la fenêtre avec le dos d'une enveloppe.

"Emmène ton père dans le jardin." Maria a agité les mains dans ma direction.

Mon père se tient dans le jardin. Son visage est gris pâle comme de la neige sale. Il n'y a que ses yeux qui bougent. Ses bras sont raides le long de son corps. Papa est rentré, il est parfaitement immobile et silencieux, debout dans le jardin. C'est comme s'il était blessé. Au plus profond de lui.

"Papa, le chat est mort pendant que tu étais parti."

Il me serre la main entre ses doigts froids.

"C'est agréable de se faire de nouveau appeler papa."

Deux mois plus tard, nous quittions l'Afrique du Sud pour le Royaume-Uni. Quand le bateau s'est éloigné du quai de Port Elizabeth, dans la province du Cap-Oriental, des rouleaux de papier toilette ont été distribués aux passagers pour les lancer depuis le pont. Les amis ou la famille qui se tenaient sur la terre ferme pour dire au revoir les rattrapaient. Alors que le bateau prenait la mer, Melissa, qui était venue me voir partir, a tenu l'autre bout de mon rouleau. La sirène du navire a retenti dans le ciel bleu. Je la voyais qui sautait sur place et hurlait, mais je ne l'entendais pas. Le vent a avalé ses mots qui se sont ensuite noyés dans le rugissement des remorqueurs alors qu'ils poussaient le navire vers l'Angleterre. Melissa était la toute première personne qui m'ait encouragée à parler haut. Avec ses yeux peints et sa choucroute blonde presque aussi grande que moi, elle était courageuse, pleine d'entrain et faisait de son mieux avec ce qu'elle avait. Je ne l'entendais pas, mais je savais que cela avait à voir avec le fait d'exprimer ses pensées à voix haute, d'assumer ses désirs, d'être dans le monde plutôt que de le laisser nous abattre.

J'aimerais oublier l'image de la grue sur les docks de Southampton quand elle a soulevé dans les airs les trois malles en bois qui contenaient tous les biens de ma famille. Il n'y a qu'un seul souvenir que je veux préserver. C'est celui de Maria, qui est aussi Zama, sirotant du lait concentré sur les marches de la véranda la nuit. Les nuits africaines étaient chaudes. Les étoiles étaient lumineuses. J'aimais Maria, mais je ne sais pas trop si elle m'aimait. La politique et la pauvreté l'avaient séparée de ses propres enfants et elle était épuisée par les enfants blancs dont elle avait la charge, par tout et tous ceux dont elle avait la charge. À la fin de la journée, loin des gens qui lui avaient volé son énergie vitale et l'avaient épuisée, elle avait trouvé un endroit où se reposer momentanément des mythes sur son caractère et le but de son existence.

Je ne veux rien savoir de mes autres souvenirs d'Afrique du Sud. Quand je suis arrivée au Royaume-Uni, ce que je voulais, c'était de nouveaux souvenirs.

Trois

Pur égoïsme

Au Royaume-Uni, les *greasy spoons* sont des gargotes aussi appelées “cafés des ouvriers” et souvent surnommées “caff” dans le Sud... Le café ouvrier typique sert majoritairement de la nourriture frite ou grillée, comme des œufs au plat, du bacon, du *black pudding*, du *bubble and squeak*, des saucisses, des champignons et des frites. Ils sont souvent accompagnés de haricots blancs à la sauce tomate.

Wikipedia

ANGLETERRE, 1974

À quinze ans, je portais un chapeau de paille noir dont le bord était percé de trous carrés et j’écrivais sur des serviettes en papier dans la gargote près de l’arrêt de bus. J’avais une vague idée de la façon dont les écrivains étaient censés se comporter parce que j’avais lu des livres sur des poètes et des philosophes français qui buvaient des expressos dans des cafés pendant qu'ils écrivaient combien ils étaient malheureux. Il n'y avait pas beaucoup de cafés comme ça au Royaume-Uni à l'époque et certainement aucun à West Finchley. En 1974, les mineurs étaient en grève, le gouvernement conservateur avait réduit les jours ouvrés de cinq à trois pour économiser de l'électricité, la Chine avait offert deux pandas noir et blanc (Ching-Ching et Chia-Chia) au peuple britannique – et j'organisais mon escapade du samedi matin à la gargote aussi méticuleusement que le casse d'une banque. Ces projets ont failli être ruinés de manière spectaculaire par une nuée d'abeilles suicidaires. Un pot de miel – ouvert, bien sûr, puisque rien n'avait de couvercle dans notre maison – avait défié toutes les lois de la gravité en tombant de son étagère dans le lave-linge. Non seulement le tambour en inox dégoulinait à présent de miel, mais il grouillait aussi d'abeilles en délire et rassasiées qui avaient quitté leur ruche de l'autre côté de la fenêtre pour s'engouffrer à leur tour dans le lave-linge.

J'avais donc pour tâche supplémentaire (dans la famille, nous avions tous des corvées le samedi) de récupérer les abeilles et le miel à la petite cuiller dans le tambour et de me débarrasser des cadavres. À quatre pattes, la tête coincée dans la machine, j'ai songé que c'était comme ça que les poétesses suicidaires en finissaient avec la vie, sauf que c'était dans le four qu'elles mettaient la tête. Il y avait quelque chose d'humiliant et de religieux dans le fait de s'agenouiller pour extirper les abeilles de là, mais je n'avais pas assez d'énergie pour comprendre pourquoi car j'avais trop mal. Contrairement à moi, au moins cinq abeilles avaient puisé en elles assez d'énergie avant de mourir pour me piquer la main, et ça n'avait l'air d'émouvoir personne. Ma mère m'a dit : "Oui, les abeilles, ça pique" avant de me conseiller de me passer la main sous l'eau froide. Comme après coup, elle a ajouté : "En Russie, ils frottent du venin d'abeille sur les articulations arthritiques." J'ai essayé de soudoyer mon petit frère Sam pour qu'il fasse le boulot à ma place, mais il était trop occupé à se faire une banane. "Les abeilles ont plein d'yeux, a-t-il crié par-dessus le bourdonnement du sèche-cheveux de maman, environ six chacune !" Lui et moi avions vu une émission à la télé avec un gros plan sur une abeille qui était apparemment une espèce "clé de voûte mutualiste" parce qu'elle fécondait par du pollen les fruits chargés de graines dans les régions désertiques. La voix off disait que les abeilles à miel étaient les insectes à la forme de vie la plus avancée et qu'une colonie puissante effectuait chaque jour l'équivalent d'un trajet entre la Terre et la Lune. Après quoi, des hommes apparaissaient dans un champ et enfumaient les abeilles pour les faire sortir de la ruche. Qu'est-ce que j'étais censée faire ?

Mettre le feu au lave-linge ? Terriblement pressée de décamper de cette vie, j'ai essayé de coincer quatre bâtonnets d'encens au jasmin dans les trous du tambour et de les allumer. Je m'étais dit que la fumée pousserait les clés de voûte mutualistes à s'envoler et m'éviterait d'avoir à les ramasser à la petite cuiller. Mais je savais à qui j'avais affaire et ces insectes à la forme de vie la plus avancée n'allaient certainement pas se donner la peine de bouger. Au bout du compte, la cendre est tombée dans le miel et j'ai donc dû récupérer les bâtonnets brûlés et la cendre, en plus des abeilles qui se croyaient manifestement au paradis. Difficile de leur reprocher de ne pas vouloir bouger d'un iota parce que je comprenais bien que de leur point de vue un lave-linge plein de miel était plus attractif que la banlieue grise où je gâchais ma vie – une région désertique sans l'avantage du soleil ou de fruits chargés de graines.

À dix heures, une fois les quatre dernières abeilles ivres, hédonistes et replètes enveloppées dans la page sport du *Times* et jetées à la poubelle, j'ai attrapé mon chapeau de paille noir et j'ai dit au revoir à ma mère d'un geste de la main pour qu'elle voie mes doigts gonflés et qu'elle soit rongée par d'immenses remords.

“Tu dois nettoyer le four. C'est ton autre corvée.”

J'ai tenté de lui opposer un regard vide, mais mes yeux ont commencé à me faire mal.

Adopter un air cool et imperturbable en toutes circonstances exigeait de moi un effort éreintant. J'ai descendu les escaliers en trébuchant sur les ourlets de mon jean pattes d'eph, donné un coup dans la porte d'entrée avec ma main droite attaquée, à présent brûlante et rouge à cause des piqûres, et j'ai tenté de courir dans mes nouvelles chaussures compensées vert pomme. Alors que je passais devant le fast-food chinois appelé HOLY et le pressing appelé REUBANS, une dame à la retraite, qui traînait son chariot de courses en plastique beige en zigzaguant sur le trottoir, a dit : “Il est marrant ton chapeau, j'aime bien.”

Il était urgentissime que je décampe de cette vie.

Dans la gargote enfumée par la cigarette et aux vitres embuées, cette urgence s'est intensifiée. J'avais si peu de temps. De temps pour quoi ? Je n'en savais rien mais j'étais convaincue qu'une autre sorte de vie m'attendait et il me fallait comprendre laquelle avant de nettoyer le four. J'ai rapidement commandé des œufs, des haricots, du bacon et du *bubble and squeak* et puis, réalisant que je n'avais pas assez d'argent pour avoir les haricots et le *bubble and squeak*, j'ai annulé les haricots. Un mug de thé brûlant dans ma main valide, je suis passée devant les ouvriers du bâtiment, les chauffeurs de bus, et me suis dirigée vers une table en Formica pour y commencer mon incarnation de la vie d'écrivain. À peine assise, j'ai tendu la main vers les serviettes en papier blanches rassemblées dans un verre à côté du sel, du poivre, du ketchup et de la sauce brune et je me suis mise à écrire avec un stylo-bille bleu qui fuyait. Voici le mot que j'ai inscrit sur ma serviette :

ANGLETERRE

"Angleterre" était un mot excitant à écrire. Ma mère m'avait dit que nous étions en exil et que nous retournerions un jour dans mon pays natal. L'idée que je vivais en Exil et non en Angleterre me terrifiait. Quand j'ai dit à ma nouvelle copine Judy (qui était née à Lewisham) que je ne voulais pas vraiment vivre en Exil, elle a dit : "C'est clair, moi aussi ça me foutrait trop la trouille." Judy voulait ressembler à Liza Minnelli dans *Cabaret*, et Liza était américaine. Le père de Judy était docker et on ne faisait pas plus anglais que lui. Il était mort d'un cancer, quelque chose en lien avec l'amiante dans les cargos qu'il déchargeait, mais Judy ne connaissait pas vraiment toute l'histoire. Les week-ends, je lui mettais du vernis vert pailleté sur les ongles pour la transformer en Liza et qu'elle ne soit pas obligée d'être tout le temps Judy dont le père était mort en Angleterre quand elle avait douze ans.

L'Angleterre m'échappait encore par certains côtés. L'un de ces aspects insaisissables se trouvait juste là, dans le café. La cuisinière de la gargote, qui s'appelait Angie, me donnait toujours du bacon qui, d'après moi, était cru. À croire qu'elle l'exposait aux flammes pour le réchauffer et non pour le cuire. C'était très déstabilisant parce que la tranche d'un rose livide sur mon assiette me faisait penser au cochon sur lequel elle avait été découpée. Quelque part en Angleterre, il y avait un cochon encore en vie qui courait de-ci de-là avec un morceau de flanc en moins. Je n'osais pas demander à Angie de cuire le bacon davantage pace que je ne vivais pas en Angleterre – je vivais en Exil – et je supposais que c'était comme ça qu'on faisait dans mon pays d'accueil.

“Je ne peux pas être morcelé parce que je n'ai jamais été d'un seul tenant.”

C'était ce que le héros de mon adolescence avait écrit, en tout cas c'était des mots qui voulaient dire quelque chose de ce genre – l'homme dont j'essayais d'imiter le regard vide devant la glace. Je me disais que, pour Andrew Warhola, peindre des conserves de soupe américaine l'une après l'autre était sa façon d'échapper aux champs plats et bruns de l'Europe de l'Est, où ses parents étaient nés. Chaque conserve de soupe de palourdes le rapprochait de New York et l'éloignait d'une vie en Exil avec sa mère à Pittsburgh. Les mots d'Andy faisaient comme une prière que je récitais toutes les nuits avant de m'endormir, et ils me trottaient dans la tête pendant que j'étais assise dans le *greasy spoon* à empiler les serviettes en papier sur lesquelles j'écrivais ANGLETERRE. Tout en buvant ma tasse de thé et en regardant les bus rouges londoniens qui arrivaient à la gare et en repartaient, j'ai pensé à la collection de perruques de Warhol. Apparemment, il les gardait dans des boîtes à la Factory à New York et pour les porter il les collait sur son crâne. Je m'intéressais à Andy parce que j'imaginais que j'étais un peu déguisée, moi aussi. Judy ne se déguisait pas vraiment en Liza (elle portait des mini-shorts en velours et des bas résilles pour aller au Wimpy, un fast-food). Tout le monde voyait ce qu'elle cherchait à faire parce que eux aussi avaient vu *Cabaret*, mais de mon côté je ne savais pas trop où je voulais en venir, d'autant qu'Andy était un homme. Judy m'a dit de me concentrer sur David Bowie, l'homme des étoiles originaire de Beckenham, pas très loin de Lewisham, mais qui vivait à présent en exil sur la planète Mars.

Les Anglais étaient gentils. Ils m'appelaient ma jolie ou ma douce et disaient pardon quand je les bousculais. J'étais maladroite parce que je me déplaçais en Angleterre comme une funambule et ça ne dérangeait pas les Anglais parce que eux aussi se déplaçaient en Angleterre comme des funambules. Je supposais que c'était parce que la nuit tombait très tôt en hiver. À croire que quelqu'un appuyait sur l'interrupteur pour éteindre l'Angleterre à seize heures. Le plus bizarre était de voir la voisine Joan attacher son chien au stand de glaces Miko devant l'épicerie du coin et parler à son animal comme s'il pouvait lui répondre.

"Holly, dit bonjour à la demoiselle."

Un silence embarrassant suivait toujours. Mais Joan n'était pas gênée. Son chien avait beau se contenter de se gratter l'oreille ou de regarder un chewing-gum collé sur le trottoir, elle trouvait toujours une excuse pour expliquer pourquoi Holly ne parlait pas vraiment. "Oh, c'est qu'elle est toute patraque aujourd'hui, hein que tu es patraque ?"

AngletERRE
aNGLETERRE
ANgleterre

En plus des "Angleterre" griffonnés, j'écrivais des phrases très vite sur des serviettes en papier blanches. Cette action (le griffonnage) ainsi que mon costume (le chapeau de paille noir) revenaient à être armée d'un AK-47 : les journaux montrent tout le temps ce genre de fusil entre les mains des enfants du tiers-monde à la place d'une glace accompagnée d'une barre chocolatée Flake plantée à son sommet. Pour ce qui était des ouvriers du bâtiment assis à côté de moi, je n'étais pas vraiment là. L'écriture me donnait un statut à part et ils n'étaient pas assez à l'aise pour me draguer ou me demander de leur passer le sel. J'étais absente.

L'écriture me faisait me sentir plus sage que je ne l'étais. Sage et triste. Je croyais que les écrivains devaient être comme ça. Et j'étais triste de toute façon, beaucoup plus triste que les phrases que j'écrivais. J'étais une fille triste qui jouait à être une fille triste. Ma mère et mon père venaient juste de se séparer. Une partie des affaires de papa se trouvaient encore dans la penderie (veste, chaussures, un cintre chargé de cravates) mais ses livres avaient disparu de la bibliothèque. Le pire, c'était de voir qu'il avait abandonné son blaireau et sa boîte de comprimés contre la migraine dans le placard de la salle de bains. L'amour entre papa et maman avait mal tourné en Angleterre. Sam le savait et je le savais, mais nous ne pouvions rien y faire. Quand l'amour tourne mal, on se met à voir l'envers plutôt que l'endroit. Nos parents qui n'en finissaient plus de se tourner le dos. De créer un espace solitaire entre eux, même quand ils étaient assis à la table familiale. D'avoir le regard perdu à mi-distance. Quand l'amour tourne mal tout tourne mal. Assez mal pour que mon père frappe à la porte de ma chambre et m'annonce qu'il allait vivre ailleurs. Il portait son costume anglais et avait l'air usé, comme l'asphalte de la route dehors.

Quand Angie m'a apporté mon petit déjeuner à l'anglaise, elle s'est plantée trop près de moi pendant trop longtemps, faisant semblant de réarranger la bouteille de sauce brune. Je savais qu'elle voulait me demander d'où je venais parce qu'elle voyait que je me montrais curieuse de choses qui lui paraissaient plutôt évidentes. Les bus rouges à étage. Les hommes fumant des Player's n°6 après avoir englouti leur plâtrée de haricots et de frites. Le fait que je demande de la "sauce tomate" pour du ketchup, que je dise "robot" pour les feux de circulation et que j'accentue davantage les syllabes de "merci". Angie m'a donné une portion de haricots malgré l'annulation de ma commande. La gentillesse des Anglais était incroyable. J'aimais mon nouveau pays, je voulais lui appartenir et devenir aussi anglaise qu'Angie, même si elle n'était peut-être pas totalement anglaise parce que je l'avais entendue parler italien au propriétaire du *greasy spoon*.

J'étais si contente d'avoir ces haricots en plus. J'en ai transpercé un avec ma fourchette tout en griffonnant sur les serviettes. La perspective de rentrer à la maison où ne vivait plus papa était insupportable. Je comptais les haricots dans mon assiette. Heureusement, il y en avait vingt, ce qui me laisserait un peu de temps pour réfléchir au moyen d'arriver à mon autre vie. Les écrivains existentialistes dont je pensais qu'ils me donneraient des indices – je mélangeais toujours les lettres du nom de famille de

Jean-Paul Sartre et l'appelais souvent Jean-Paul Stare – n'avaient sûrement pas besoin de nettoyer des fours avec ces horribles tampons à récurer Brillo.

Ils étaient horribles parce qu'ils étaient fabriqués dans une matière irritante, avec du détergent rose imbibé dans un morceau de velours à l'extrémité. Mais je pensais surtout qu'ils avaient été inventés pour gâcher la vie des jeunes filles et des femmes. Cette pensée m'a tellement désespérée que j'ai commandé une autre tranche de pain grillé pour freiner l'injustice du monde. Jean-Paul Stare était français. Andy Warhol était moitié tchèque mais totalement américain, de même que Liza Minnelli était, comme Angie, peut-être à moitié italienne, etc. J'ai mis par écrit une partie de cet etc. sur les serviettes avec mon stylo qui fuyait, ce qui m'a pris un bon moment. Quand j'ai levé les yeux, tous les chauffeurs de bus et les ouvriers du bâtiment étaient retournés au travail et Angie me demandait de payer pour le toast en plus. Je n'avais même pas remarqué qu'elle l'avait apporté et il me restait encore quinze haricots à finir. Pire que tout, elle observait avec effronterie les serviettes que je tenais dans ma main droite, toutes couvertes du mot ANGLETERRE écrit au stylo-bille.

"Tu veux que je te les tienne ?"

Je ne voulais pas qu'Angie tienne mes serviettes parce qu'elles faisaient partie de ma vie secrète et qu'elles seraient mon premier roman même si, en plus d'ANGLETERRE, il n'y avait que quelques mots et expressions écrits dessus au stylo-bille. Angie me regardait chercher les pièces dans mon porte-monnaie, accrochée à mes serviettes comme si quelque chose de terrible risquait d'arriver en cas de séparation. Angie avait trois dents complètement pourries de la couleur des sachets de thé fumants qu'elle récupérait dans la chaudière à thé avec une cuiller.

"Qu'est-ce que tu t'es fait à la main ?

— J'ai été piquée par des abeilles."

Angie a plissé le nez de compassion et a articulé silencieusement un "aïe" – ma mère n'en avait pas fait autant.

"Elles étaient où, les abeilles ?

— Dans le lave-linge.

— Ah."

Cette fois, elle a roulé les yeux vers le plafond taché de nicotine.

"Un pot de miel est tombé dans le lave-linge et les abeilles qui étaient dehors ont foncé dedans.

— D'accord." Elle a souri. Puis elle a posé la question dont je savais qu'elle lui brûlait les lèvres depuis le premier jour où j'avais mis les pieds dans le *greasy spoon* : "Tu viens d'où ?"

Maintenant que j'avais quinze ans, l'Afrique du Sud était cette partie de ma vie à laquelle j'essayais de ne pas penser. Chaque nouvelle journée en Angleterre était une chance de m'entraîner à être heureuse et d'apprendre à nager à mes nouveaux amis. Je me disais que si la mairie faisait remplir la piscine de thé tous les Anglais iraient y piquer une tête avec joie. Ils deviendraient rapidement champions de natation et gagneraient des médailles à gogo.

"Et donc, tu viens d'où ?"

Angie a répété la question au cas où je ne l'aurais pas comprise la première fois.

"Je ne sais pas.

— On dirait que tu ne sais pas grand-chose, hein ?"

J'ai décidé que le mieux était de me ranger à son avis.

En quittant le *greasy spoon* avec mes serviettes estampillées ANGLETERRE à la main, j'ai eu froid et je savais qu'à la maison le chauffage central était en panne. Deux jours plus tôt, l'homme qui était venu le réparer avait dit : "Je déclare cette chaudière officiellement hors service. La loi exige que vous en rachetiez une", puis il nous a adressé un clin d'œil, l'a rallumée et nous a dit de lui passer un coup de fil si l'engin recommençait à faire des siennes – ce qu'il a fait deux heures après le départ du réparateur, à qui maman avait préparé un thé dans une tasse sur laquelle était écrit *"Amandla !"*. Maman avait expliqué qu'*amandla* est un terme zoulou qui signifie POUVOIR. Le chauffagiste avait rétorqué : "Alors sachez que votre chaudière pourrait bien en avoir besoin si elle veut fonctionner encore quelques années."

En arrivant au fast-food chinois appelé HOLY, j'ai pressé la joue contre la vitrine et attendu que la vie change. Un grand sac de pousses de soja était appuyé contre le restaurant et une pancarte accrochée à la porte annonçait que l'établissement était fermé.

Une jeune Chinoise d'environ quinze ans a ouvert la porte et soulevé le sac de pousses de soja du trottoir.

"On n'ouvre pas avant dix heures !" a-t-elle crié.

J'ai observé son jean qui avait des pattes d'eph faites maison avec du tissu. Son t-shirt "I love NY" lui arrivait juste au-dessus du nombril et elle portait des chaussures à talons blanches. Elle a regardé mon chapeau en paille noir, puis a baissé les yeux vers mes semelles compensées vert pomme dont j'étais si fière et qui, pensais-je, m'aideraient à m'enfuir de Finchley, même si pour l'instant elles ne faisaient que changer ma hauteur de vue. Une voix de femme appelait l'adolescente et lui hurlait des ordres. Comme moi, elle avait des corvées à effectuer.

Quand je suis arrivée à la maison (West Finchley), j'étais au comble du désespoir. Comment allais-je bien pouvoir fuir ma vie en Exil ? Je voulais être en exil de l'exil. Pour ne rien arranger, Sam était allongé sur le canapé du salon et tapait sur un tambour coincé entre ses genoux. Quand il m'a vue, il s'est arrêté pendant trois secondes pour dire des choses profondes.

"Tu sais que les pattes de poulets sont aussi appelées baguettes de tambour ?

— Ah ouais ?

— Hhhhaa hhhhaa hhhhha hhhhhhaa."

C'était un grand malade. J'ai éclaté de rire à mon tour. Puis il m'a dit de la fermer parce que notre jeune homme au pair était dans la pièce d'à côté et "de mauvaise humeur".

Deux mois après que papa eut quitté notre première vraie maison anglaise à West Finchley, notre mère a déclaré qu'elle allait nous trouver une personne au pair pour "garder la forteresse" pendant qu'elle serait au travail. Sam et moi avons imaginé une jolie jeune femme à queue-de-cheval blonde venant de Suède. Au lieu de quoi, notre jeune homme au pair s'est présenté chez nous chargé d'un énorme livre intitulé *Sixième Session plénière du sixième Comité central du Parti communiste chinois, 1938*. Il perdait ses cheveux, avait du ventre et mauvais caractère, et il nous a expliqué qu'il s'appelait "Farid avec un F". Nous n'avons pas compris l'intérêt de cette précision et il ne nous a même pas demandé comment nous nous appelions, il s'est contenté de nous donner des ordres. Farid nous a dit que, comme il écrivait sa thèse, nous avions l'obligation de lui faire couler un bain régulièrement et que, par ailleurs, il prenait son thé avec une rondelle de citron et trois sucres. Il était consterné par le niveau d'hygiène de la maison au point que, lorsqu'il rentrait de la London School of Economics, il s'enfermait dans sa chambre et engloutissait trois sachets de pistaches au lieu de nous préparer à dîner. Farid ne comprenait pas pourquoi rien n'avait de couvercle dans la cuisine. On ne comprenait pas pourquoi non plus. Même le pot de yaourt inentamé à l'opercule encore scellé était posé au fond de l'évier sans couvercle. L'un d'entre nous l'avait fait sauter sans autre raison que celle-ci. La seule et unique fois où Farid a nettoyé le sol de la cuisine, il a placé une serviette humide sous ses pieds nus et a parcouru le lino en repliant les orteils de dégoût face aux os de poulet et autres bouchons de bouteilles de ketchup, hurlant quelque chose à propos de sa mère au Caire qui n'aurait jamais laissé un tel désordre s'installer dans sa maison.

Nous étions secrètement d'accord avec Farid et regrettions que nous ne puissions pas tous partir vivre au Caire. Ouais, nous aussi on s'enfermerait dans notre belle chambre bien propre, on jetterait la clé et on regarderait les pyramides par la fenêtre en attendant que quelqu'un nous apporte des sandwiches – ce qu'on faisait pour Farid, qui nous disait régulièrement qu'il n'aimait pas le beurre de cacahuète parce que ça lui restait sur l'estomac. Mais ce jour-là, qui était un samedi, notre nouveau jeune homme au pair était hors de lui. Quand Sam s'est remis à taper sur son tambour, Farid est entré en trombe dans le salon, furieux, gras et tremblant.

Est-ce qu'on ne comprenait pas qu'il essayait d'ÉCRIRE dans sa chambre ? Est-ce qu'on ne comprenait pas qu'il devait terminer sa thèse sur Karl Marx pour lundi matin ? Est-ce qu'on savait ce que ça voulait dire, *thèse*, que cette *thèse* nourrirait sa petite fille et l'enverrait dans une bonne école ? Notre jeune homme au pair était devenu rouge vif et transpirait. Partout sur les murs autour de lui, des affiches montraient des femmes sud-africaines défilant contre les lois sur les passeports intérieurs – "VOUS FRAPPEZ LES FEMMES, VOUS FRAPPEZ UN ROC" écrit en lettres capitales énervées en plein milieu du poster. À côté se trouvait une peinture à l'huile d'une femme africaine pieds nus, une boîte perchée sur la tête, qui marchait en compagnie d'un homme à vélo, deux silhouettes avançant dans la poussière et le ciel. Un bouchon et deux couvercles avaient atterri on ne sait comment sur le kilim. Ketchup, Marmite et Branston Pickle.

"POURRRRQUOI (Farid roulait toujours longuement le *r* de pourquoi) VOUS NE REMETTEZ JAMAIS LES COUVERCLES ?"

Il tenait quelque chose. Nous n'en discutions jamais, mais cette histoire de couvercle représentait une espèce de mystère pour nous tous. Nous désirions secrètement vivre dans une maison où tous les couvercles étaient à leur place. Pas un jour ne passait sans que l'un de nous ne regarde d'un air triste sur les étagères un pot ou un bocal auquel il manquait son couvercle. On ne disait pas aux autres de remettre le couvercle parce que nous pressentions ne pas en être nous-mêmes capables. Il se pouvait que l'absence de couvercle ait débuté avec le départ de papa, mais nous n'en étions pas sûrs et de toute façon nous ne voulions pas y penser. Pendant que Sam frappait sur son tambour comme un beau diable, ses yeux brillants fixés sur le mur face au canapé, j'ai demandé à Farid s'il savait où était notre mère. Farid savait toujours où se trouvait maman parce qu'elle était son gagne-pain. À vrai dire, elle se montrait si gentille avec Farid que nous commencions à avoir une dent contre lui. “Votre pauvre mère est partie faire les courses, s'est moqué Farid.

— LES COURSES LES COURSES LES COURSES”, a psalmodié Sam, en riant et sans cesser de tambouriner.

Farid s'est jeté sur lui et lui a arraché l'instrument. Puis il a attrapé les baguettes en bambou et s'est mis à frapper Sam sur les jambes. Au-dessus de sa tête, une affiche pour la paix dans le monde montrait trois enfants jouant joyeusement dans un champ avec un ballon, un yoyo et une raquette de badminton. Farid était hors de contrôle. Il fléchissait ses gros genoux pour pouvoir cogner plus fort. Parfois, il ratait Sam et tapait dans le mur à la place.

“VOUS NE COMPRENEZ DONC PAS CE QUE ÇA VEUT DIRE QUE D’ÊTRE UN ÉTRANGER DANS VOTRE PAYS ?”

Que Farid dise ça a déclenché chez moi un rire hystérique au milieu des hurlements de Sam.

“POURRRRQUOI – paf paf – VOUS NE COMPRENEZ PAS – paf – QUE JE NE SUIS PAS DE VOTRE PAYS ?”

Le premier bouton de sa chemise a sauté et la transpiration lui coulait sur les joues.

“JE N’AI MÊME PAS DE CHAUSSURES QUI AILLENT DANS CET ENDROIT HUMIDE ET FROID !”

C’était ce qui s’était passé pour nous aussi. À notre arrivée en Angleterre, nous n’avions jamais les bons vêtements. En janvier nous portions des duffle-coats et des tongs. Février était le mois des bottes de pluie et des robes à pois sans manches. Juin, qui était censé marquer le début de l’été, était le mois où on avait fini par tout comprendre et enfiler vêtements Thermolactyl, bottes, gants et gros bonnets en laine.

Ça me plaisait que Farid ait parlé de “notre pays”. Oui, je me suis dit, je suis anglaise. Aussi anglaise qu’on puisse l’être. Pendant que Farid s’acharnait à vouloir battre mon frère, j’ai regardé les rideaux que mon père avait cousus au point de feston un soir après le travail. Il les avait confectionnés une semaine avant de quitter le domicile familial. Sam et moi nous étions postés de chaque côté de lui, penchés pour voir ses gros doigts manier la toute petite aiguille argentée. Quand Sam avait fait un nœud au fil de coton, il l'avait rendu à papa, qui avait dit : “Je crois que nous allons de nouveau apprendre à nous connaître, vous ne croyez pas ?”

Farid n'avait rien à voir avec notre papa. Déjà, si notre père était resté vivre chez nous, il aurait dit : “Ne torturez pas le four. Faites glisser doucement le tampon à récurer sur la surface.” Pourquoi disait-il sans cesse ne torturez pas la bouilloire, ne torturez par l'interrupteur, ne torturez pas les glaçons ? Mon père avait une relation très intime aux objets tels que les bouilloires, les poignées de porte et les clés. D'après lui, il fallait les comprendre, ne jamais les tyranniser ni les torturer. Remplir une bouilloire par le bec verseur revenait à humilier la bouilloire. Appuyer sur une poignée trop fort revenait à “lui casser la gueule”. Il ne tolérait pas ce qu'il appelait la “brutalité” envers les objets inanimés.

Pendant que Farid et mon frère roulaient par terre et se donnaient des coups, j'entendais des gens tondre leur pelouse et laver leur voiture, deux des activités qui occupaient les Anglais le samedi, et notre voisine Joan qui criait à son chien : “HOLLY HOLLY HOLLY rentre à la maison, il est l’heure de manger !”

Farid avait plus ou moins réussi à se relever et dévisageait Sam.

“Som”, dit-il avec son accent.

Farid semblait vouloir ajouter quelque chose, mais les mots ne sortaient pas. Toujours en train de dévisager mon frère, il a fini par demander où se trouvait notre père. Pourquoi est-ce qu’il ne vivait pas avec nous au domicile familial ?

“Papa et maman sont séparés.”

Farid a secoué la tête, perplexe. Pour la première fois depuis qu’il s’était présenté chez nous, il m’est venu à l’esprit qu’il pouvait être gentil. Il a même commencé à ramasser les couvercles par terre.

Quand maman est rentrée avec les courses, elle a dit : “Tout est très calme. Comme c’est agréable de rentrer et de trouver des enfants qui ne se battent pas, pour changer.” Elle a sorti une bouteille d’asti spumante des sacs de courses et l’a rangée dans le frigo avec six pots de yaourt à la noisette. Bien, ai-je pensé. Je prendrai le vin pétillant quand il sera froid et je m’enfuirai au parc avec. Puis je viderai la bouteille et me jetterai sous les roues d’une voiture, abandonnant mes serviettes avec ANGLETERRE écrit au stylo-bille à mes biographes. Ils débarqueront en masse à Finchley pour voir où je vivais et une plaque bleue sera clouée sur les briques et le mortier de notre première maison anglaise. Comme d'habitude, mon frère s'est chargé d'interrompre mes pensées et de faire du grabuge.

"Farid m'a frappé, s'est plaint Sam à maman.

— C'est vrai, Farid ?

— Oui, a confessé Farid d'une voix pathétique et docile. Il tapait sur le tambour pendant que je traduisais l'essai de Marx sur le salariat écrit pour le Club des ouvriers allemands de Bruxelles.

— Farid, a dit maman gravement. Ne frappez plus jamais mes enfants ou je vous mets dehors."

Notre jeune homme au pair a souri. Pour la première fois depuis son arrivée, il avait l'air heureux.

Ce soir-là, nous avons commandé des plats indiens et avons regardé *Steptoe and Son* à la télévision. Sam, allongé et la tête posée sur les genoux de maman, a supplié pour qu'on lui donne son dhal à la petite cuiller comme un pacha. Farid était assis dans le fauteuil de papa, mais cela ne nous dérangeait plus. Il a dit qu'il avait mal au ventre à cause de tout ce stress, ce qui ne l'a pas empêché d'engloutir son curry d'agneau et de terminer mon poulet korma.

"J'aime beaucoup cette famille. Vous êtes des gens bien même si vous ne savez pas tenir une maison. Mais puisque je n'ai pas de maison en

Angleterre, je suis honoré que vous m'ayez fait de la place dans votre tente."

En allant me coucher, je me sentais bizarre et tremblante. Je vivais en Angleterre depuis six ans et j'étais presque aussi anglaise que les Anglais. Mais je venais d'ailleurs. L'odeur de plantes que je ne pouvais pas nommer me manquait, le chant d'oiseaux que je ne pouvais pas nommer, le murmure de langues que je ne pouvais pas nommer. Où se trouvait le sud de l'Afrique, exactement ? Un jour, je consulterais une carte et je trouverais. Je n'ai pas fermé l'œil de la nuit. Depuis ma chambre de West Finchley, j'avais tant de questions à poser au monde sur le pays qui m'avait vue naître. Comment les gens deviennent-ils cruels et pervertis ? Si on torture quelqu'un, est-on fou ou normal ? Si un homme blanc lance son chien sur un enfant noir et que tout le monde dit que c'est acceptable, si les voisins, la police, les juges et les enseignants disent : "Moi, ça me va", la vie vaut-elle d'être vécue ? Et qu'en est-il des gens qui pensent que ce n'est pas acceptable ? Sont-ils assez nombreux dans le monde ?

Alors que le laitier déposait des bouteilles sur le pas de notre porte dans un bruit de verre qui s'entrechoque, j'ai soudain compris pourquoi les couvercles des pots de miel, de beurre de cacahuète et les bouchons de ketchup n'étaient jamais au bon endroit dans notre domicile familial. Ces couvercles, comme nous, n'avaient pas d'endroit à eux. J'étais née dans un pays et j'avais grandi dans un autre, mais je ne savais pas trop auquel j'appartenais. Et autre chose. Je ne voulais pas le savoir, mais je le savais quand même. Remettre un couvercle à sa place revenait à faire comme si nos parents étaient à nouveau ensemble, vissés l'un à l'autre plutôt que chacun dans son coin.

Je me suis levée et j'ai sorti les serviettes que j'avais rapportées du *greasy spoon*. J'ai vu le mot ANGLETERRE écrit au stylo-bille sur le papier froissé et taché par le gras du bacon, mais je n'arrivais pas à comprendre ce que j'essayais de dire. Je savais que je voulais plus que tout au monde devenir écrivaine, mais je me sentais complètement dépassée et ne savais pas par où commencer.

Quatre

Enthousiasme esthétique

“Il est parfois nécessaire de savoir où s’arrêter.” L’épicier chinois avait sans doute remarqué que ma main était posée assez près de sa manchette de chemise quand il prononça ces mots. Alors que nous avions fini notre bouteille de vin, les palmiers à l’extérieur du restaurant étaient couverts de neige. En fait, les routes et les chemins qui m’indiquaient comment regagner mon hôtel avaient plus ou moins disparu. Il ne m’avait toujours pas dit son nom. Je ne lui avais pas donné le mien non plus, même si je savais qu’il le connaissait puisqu’il avait lu un de mes livres. Pour une raison ou pour une autre, nos noms faisaient partie des choses que nous ne voulions pas savoir. Il se pencha vers le couple allemand à la table voisine et le félicita d’avoir pensé à emporter des vêtements contre le grand froid de Majorque au printemps. “Mon amie ici présente, dit-il en me désignant, est habillée pour aller à la plage.”

Le monsieur allemand nous raconta en anglais que plus tôt dans la matinée, en randonnée dans la montagne, ils avaient croisé un serpent. Heureusement, ils portaient de grosses chaussures. Le serpent se cachait dans la fissure d'un rocher. Il aurait peut-être même pu s'agir d'un serpent à sonnette. Savions-nous qu'un serpent peut encore mordre une heure après sa mort ?

"Oui, dit l'épicier chinois, je le savais." Il se tourna vers moi et recommença à parler de soupe. Il était obsédé par la soupe. Apparemment, bien qu'ayant oublié comment préparer telle sorte de soupe chinoise, il se rappelait comment préparer telle autre. Cette dernière ressemblait plus à du porridge de riz, un plat très nourrissant qui réchauffe en hiver, auquel il aimait ajouter de l'huile de sésame et du poivre. Je ne pouvais pas m'empêcher de remarquer sa main posée assez près de la mienne, et vu ce qu'il me dit ensuite, peut-être l'avait-il remarquée, lui aussi.

"Et à votre avis, quelle est la partie du corps où la peau est la plus fine ?

— Le bout des doigts ?

— Non. Je vais vous le dire. Ce sont les paupières, et ce sont les paumes et la voûte plantaire qui ont la peau la plus épaisse."

Je ris et il sourit. Puis il rit et je souris. Il me dit que l'odeur des cacahuètes grillées en Chine lui manquait et qu'il avait oublié comment préparer la soupe chinoise aux fruits de mer, mais qu'il était très content de s'être fait une nouvelle vie dans les montagnes de Majorque car c'était là que je l'avais invité à ma table de trois.

Puis il me donna un petit coup de coude parce que Maria venait d'entrer dans le restaurant et tapait du pied pour retirer la neige de ses bottes. Elle avait l'air étonnamment grande dans son lourd manteau bordé de fourrure. Je lui fis signe et elle s'avança vers notre table. Elle tenait une petite valise dans sa main gantée. Son visage était sérieux et triste.

"Mon frère m'a dit que vous aviez froid dans votre chambre.

— Oui.

— Je vous en ai préparé une autre. Il y a des couvertures sur le lit.

— Merci. Vous allez quelque part, Maria ?

— Oui."

Maria n'avait pas envie de parler. Pas du tout.

J'ouvris mon sac et lui donnai le chocolat que j'avais acheté chez l'épicier chinois, "intensidad", avec un gros 99 % imprimé dessus. Puis je comptai ce que je lui devais pour ma chambre, quatre nuits payées en liquide parce que je me disais qu'elle en aurait peut-être besoin pour ce qu'elle avait à faire. Elle était contente de récupérer cet argent liquide. Quand elle me fit la bise, je sentis sous son manteau battre son cœur, farouche et rugissant.

Plus tard, l'épicier chinois me raccompagna jusqu'au sentier de montagne invisible qui menait à l'hôtel et répéta : "Parfois, dans la vie, la question n'est pas de savoir où commencer, mais où s'arrêter." Il me raconta que des années plus tôt, à l'époque où il vivait à Paris, il passait ses week-ends seul, alors, un jour, il avait décidé de prendre un train pour Marseille. Il marchait près du port, le mistral soufflait et il parlait à peine français, mais quand il vit deux policiers arrêter un garçon nord-africain d'à peine dix ans, lui aussi s'arrêta. Le garçon portait un maillot de corps d'enfant en coton blanc. Il sentait sans doute la lessive que sa mère avait utilisée pour le laver. Les policiers lui soulevèrent le maillot de corps et se mirent à lui bourrer le ventre de coups. C'était quelque chose qu'il ne pouvait pas oublier, la vue d'hommes adultes soulevant le maillot de corps d'un enfant pour lui faire du mal avec plus de précision. Il se surprit à s'approcher de l'enfant, qui était résistant et encaissait les coups, et il hurla sur les policiers en français avec son étrange accent chinois : "Arrêtez, arrêtez, arrêtez, arrêtez !" Ça n'était pas vraiment héroïque, mais c'était ce qu'il voulait qu'ils fassent. Ils s'arrêtèrent. Ils s'arrêtèrent et partirent.

L'épicier chinois dit : "Vous allez vouloir vous arrêter parce que nous sommes arrivés à votre hôtel." On s'arrêta près de la terrasse et sa tête s'approcha de la mienne. Je voyais l'argenté dans ses cheveux noirs.

Au moment de nous embrasser, je savais que nous étions tous les deux au milieu d'une sorte de catastrophe, mais je ne savais pas si quelque chose commençait ou s'arrêtait. Le col de son gros manteau d'hiver était humide à l'endroit où la neige fondait. Il retira son manteau et me le tendit. "Si vous sortez vous promener, vous en aurez besoin, et j'en ai un autre. Il faut apprendre à vous habiller en fonction du climat dans lequel vous vous trouvez."

Au bout d'un moment, je gravis les marches en marbre, passai devant le grand cactus qui se dressait dans un pot sur le palier et montai jusqu'à la porte en chêne abîmé d'une chambre au premier étage. J'ouvris la porte avec la clé que Maria m'avait glissée dans la main quand je l'avais payée. La chambre était plus petite que celle de l'étage au-dessus. Un tas de couvertures bien pliées avait été déposé au bout du lit et un bureau assorti d'une chaise avait été installé devant la fenêtre qui donnait sur le vieux palmier dans le jardin. Il n'avait clairement pas été simple de le faire entrer le bureau, mais Maria avait réussi à lui faire franchir la porte et à le coincer entre la fenêtre et le lit.

J'avais une vue. J'avais un bureau sur lequel écrire. Il faisait bien chaud dans la chambre. Trois grosses bûches se consumaient dans la cheminée. Des bûches supplémentaires avaient été joliment entassées les unes sur les autres dans un panier juste à côté. Il faisait si chaud dans la chambre que je savais que le bois devait brûler depuis un certain temps.

Maria était partie à la hâte. Au milieu d'une tempête de neige. Se désintéressait-elle du monde qu'elle s'était fabriqué ici dans les montagnes ? N'était-elle pas pressée de cueillir les citrons et les oranges dans le verger qu'elle avait irrigué ? Elle avait aussi planté des légumes, des oliviers et construit une ruche dont elle récoltait le miel épais et aromatique qu'elle servait au petit déjeuner. C'était Maria qui cuisait le pain et moulait les grains de café. Elle avait également coupé les bûches qui me tiendraient chaud durant la nuit. Maria était partie furieuse sans assez de liquide. Voulait-elle partir seule pour se lancer dans les projets qu'elle avait pour la suite, quels qu'ils soient ?

Je songeai que Maria était comme moi en fuite au XXIe siècle, de même que George Sand, qui s'appelait également Amantine, était en fuite au XIXe siècle, de même que Maria, qui s'appelait également Zama, cherchait un lieu où se remettre et se reposer du XXe siècle. Nous fuyions les mensonges cachés dans le langage de la politique, les mythes sur notre caractère et le but de notre existence. Nous fuyions aussi nos propres désirs, sans doute, quels qu'ils fussent. Mieux valait en rire.

Cette façon que nous avons de rire. De nos propres désirs. Cette façon que nous avons de nous moquer de nous-mêmes. Pour devancer les autres. Cette façon dont nous sommes programmées pour tuer. Nous tuer. Mieux vaut ne pas y penser.

Il y avait autre chose à quoi je ne voulais pas penser. Cet après-midi-là, alors que je me tenais au bord de la mer et riais de moi-même sous les nuages chargés de neige, j'avais pensé au piano de Maria, le piano épousseté tous les jours, mais dont personne ne jouait jamais. Je ne voulais pas savoir que j'avais été refermée comme ce piano. Pour une raison ou pour une autre, je me souvins de la façon dont je mangeais les oranges enfant à Johannesburg. D'abord je devais en trouver une qui tenait dans la paume de ma main. Je fouillais dans le sac du cellier à la recherche d'une petite orange parce que les petites étaient aussi les plus juteuses. Puis je roulais l'orange sous mon pied nu pour l'amollir. Cela prenait un long moment et le but était de faire que le fruit donne son jus sans l'écraser. Je devais évaluer quel était le bon degré de pression par la seule voûte de mon pied. J'avais les jambes brunes et musclées. Je me sentais si puissante quand j'arrivais à utiliser ma force sur quelque chose d'aussi petit qu'une orange. Quand elle était prête, je faisais un trou dans la peau avec l'ongle du pouce et aspirais le jus sucré. Ce souvenir étrange me rappela à son tour un vers d'Apollinaire. Je l'avais recopié dans le carnet polonais vingt ans plus tôt : “La fenêtre s'ouvre comme une orange.”

Le piano muet, la fenêtre qui s'ouvre comme une orange et le carnet polonais que j'avais emporté à Majorque étaient liés à mon roman qui n'était pas encore sorti à l'époque, *Sous l'eau*. Je réalisai que l'écriture de ce livre était pour moi comme une opération à cœur ouvert (pour parler comme un chirurgien) dans les questions qu'il posait : "Que fait-on du savoir qui nous empêche de vivre ? Que fait-on de ce qu'on ne veut pas savoir ?" Je ne voulais pas savoir comment présenter mon travail, mon écriture au monde. Je ne savais pas comment ouvrir une fenêtre comme une orange. La fenêtre était retombée comme une hache sur ma langue. Si telle allait être ma réalité, j'ignorais quoi en faire.

Alors que je contemplais la neige qui s'accumulait sur les frondaisons du palmier dans le jardin de Maria, je me posai une autre question. Devrais-je accepter mon sort ? Si j'achetais un billet d'avion et effectuais le voyage jusqu'à l'acceptation, si je l'accueillais et lui serrais la main, si j'entremêlais mes doigts à ceux de l'acceptation, marchais main dans la main avec l'acceptation tous les jours, quel effet cela me ferait-il ? Je finis par comprendre que je ne pouvais pas accepter ma question. Une femme qui écrit ne peut pas se permettre d'éprouver sa vie trop clairement. Si elle le fait, elle écrira dans la rage quand elle devrait écrire dans le calme.

> Elle écrira dans la rage quand elle devrait écrire dans le calme. Elle écrira sottement quand elle devrait écrire sagement. Elle parlera d'elle-même quand elle devrait parler de ses personnages. Elle est en guerre avec son sort.
>
> Virginia Woolf,
> *Une chambre à soi* (1929)

J'avais dit à l'épicier chinois que pour devenir écrivaine j'avais dû apprendre à interrompre, à parler haut, à parler fort, puis bien plus fort, et à revenir simplement à ma propre voix qui ne porte que très peu. Notre conversation m'avait conduite dans des lieux que je ne voulais pas revoir. Je ne m'attendais pas à retourner en Afrique alors que je me protégeais d'une tempête de neige à Majorque. Pourtant, ainsi qu'il l'avait fait remarquer, l'Afrique m'était déjà revenue quand je sanglotais sur les escalators à Londres. Si je croyais que je ne pensais pas au passé, le passé, lui, pensait à moi. Je me dis que ça devait être vrai car l'épicier chinois, dont le père était sidérurgiste, m'avait dit que les escalators, ou "escaliers roulants", dont le brevet avait été déposé en 1859 par Nathan Ames dans le Massachusetts avant qu'ils ne soient redessinés par l'ingénieur Jesse W. Reno, furent d'abord présentés au monde moderne comme une "bande de transport infini".

Je reculai la chaise et m'assis au bureau. Puis j'examinai les murs à la recherche de prises où brancher mon ordinateur. La plus proche était périlleusement placée au-dessus du lavabo, destinée aux rasoirs électriques de ces messieurs. Ce printemps-là à Majorque, alors que la vie était très compliquée et que je ne voyais tout bonnement pas vers quoi tendre, je songeai que ce vers quoi je pouvais tendre était une prise électrique. Plus utiles encore pour un écrivain qu'une chambre à soi sont les rallonges et une panoplie d'adaptateurs pour l'Europe, l'Asie et l'Afrique.

SOURCES

Certaines citations traduites sont extraites des ouvrages suivants :

Friedrich Nietzsche, *Par-delà le bien et le mal*, traduit de l'allemand par Patrick Wotling, Paris, Garnier-Flammarion, 2000.

George Orwell, *La Ferme des animaux*, traduit de l'anglais par Jean Quéval, Paris, Champs libres, 1981.

Virginia Woolf, *Une chambre à soi*, traduit de l'anglais par Clara Malraux, Paris, Denoël, 1992.

RÉALISATION : NORD COMPO À VILLENEUVE-D'ASCQ
NORMANDIE ROTO IMPRESSION S.A.S. À LONRAI
DÉPÔT LÉGAL : AOÛT 2020. N° 145122-5 (2004353)
IMPRIMÉ EN FRANCE